E. O Konrad

Paul Lindau

Eine Charakteristik

E. O Konrad

Paul Lindau
Eine Charakteristik

ISBN/EAN: 9783743698079

Hergestellt in Europa, USA, Kanada, Australien, Japan

Cover: Foto ©Raphael Reischuk / pixelio.de

Weitere Bücher finden Sie auf **www.hansebooks.com**

Paul Lindau.

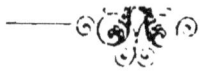

Eine

Charakteristik.

Berlin.
Verlag der Stuhr'schen Buch= und Kunsthandlung.
(S. Gerstmann.)
Unter den Linden Nr. 61.

1875.

Vorwort.

Die nachfolgenden Blätter sollen dazu dienen, über einen Mann, dessen Wirken die Gemüther auf das Leidenschaftlichste erregt hat, ein ruhiges und objektives Urtheil zu ermöglichen. Der Verfasser, bisher gänzlich unbekannt in der literarischen Welt, hält es auch jetzt für unnütz, seinen Namen zu nennen, da ihm an seinem Bekanntwerden nichts liegt. Er glaubt um so eher in der Lage zu sein, ein unpartheiisches Votum abzugeben, als er dem zu Beurtheilenden ebenso fremd und unbekannt gegenübersteht, als seinen bisherigen Beurtheilern.

Berlin, Sylvester 1874.

Oft ist es gesagt und wiederholt worden, daß unserer Zeit des Materialismus und der schnellen That das liebevolle Verständniß für die weichen Töne der Lyrik gänzlich fehle und daß dieser Dichtungsform darum keine Stätte gewährt sei unter den nur dem äußerlichen Genuß lebenden Menschen. Diese Periode der gewaltigen politischen Umwälzungen, der sozialen Gährungen, wie sie die Geschichte wohl noch nie in so wenige Jahre zusammengedrängt über die Völker hinwegstürmen ließ, diese Zeit der Peripetien und Katastrophen müßte nun, so sollte man meinen, die dankbarste sein für den Dichter des ernsten Drama's. Aber wunderbar genug ist es, kein tragischer Dichter hat ihr seinen Stempel aufgedrückt, keiner das ausgesprochen, was die Zeit bewegt, was tausendfach wiederklingen würde in den Gemüthern der Hörer. Man halte das für keinen Zufall; nach den ungeheuerlichen Ereignissen des letzten Menschenalters ist die Welt empfindungsmatt und eine Generation von Menschen, die nicht wissen, was der kommende Tag dem Staate und damit ihnen selbst bringen mag, hat sich, so scheint es, gänzlich abgewendet von idealem Streben und sucht im materiellen Genusse und materialistischer Weltanschauung am Tage den Tag zu leben. Carpe diem! sang Horaz und man folgt ihm auch heute.

Der dramatische Dichter kann in unsern Tagen nicht auf die Hingebung aufmerksamer Hörer rechnen, nicht auf ein weihevolles, nachempfindendes Verständniß seiner Verse — der Theaterbesucher will sich nur amüsiren und wieder amüsiren, entweder, indem sein träges Zwerchfell aufgerüttelt wird und er beim Lachen vergißt, daß er vielleicht morgen nicht mehr den Parquetplatz bezahlen kann, auf dem er sitzt, oder dadurch daß die dargebotene dramatische Blüthe ihm Gelegenheit bietet, sie mit seinen mehr oder weniger geistvollen Bemerkungen, besonders über die Schauspielerinnen und ihre Toiletten zu begleiten, Exercitien, die er dann für eine Kritik des Werkes ausgiebt. — An Stelle des idealen tragischen Gefühls ist die physische Nervenaufreizung getreten, an die Stelle der hohen Tragödie das „Sittengemälde" und das Ehebruchsdrama, beides Erzeugnisse des „second empire." Nicht als ob wir im Prinzip gegen diese Gattung des Drama's wären, der Ehebruch, der zu Molière's Zeiten in der Komödie verspottet wurde, ist uns ohne jeden Zweifel ein hohes tragisches Motiv. Aber dieser zum Prinzip erhobene Ehebruch, diese „sentimentalen Cochonnerien", immer wieder neu auf's Tapet bringen, den Ehebruch zum Kennzeichen einer ganzen Literatur zu stempeln, ist ein Unding und wirkt auf die Dauer abstoßend.

Und dennoch kein schlechterer Mann als Mosenthal schrieb nach Deborah, nach Isabella Orsini,*) gewaltigen Dichtungen trotz ihrer Schwächen eine „Madeleine Morel", einen schwachen Abklatsch französischer Vorbilder, um durch einen zeitgemäßen Stoff seiner Muse einen festeren Wohnsitz auf der Bühne zu sichern.

Während das ernste Drama theils diesen Weg, theils den der philiströsen, sentimentalen, sogen. Birch=Pfeifferiade, einer der schlimmsten, höchst unpoetischen Zwittergestalten, verfolgt, hat sich auch das Lustspiel nach zwei Richtungen hin entwickelt. Indem wir die eine dieser Gattungen, die dem Zuge der Gesellschaft nach „Amüsement" und Parodie fröhnt, die Posse mit ihren sozialen und politischen

---

*) In dieser Tragödie beruht bekanntlich die ganze Verwicklung auf Horchen.

Couplets und ihrer blödsinnigen Handlung bei Seite lassen, wenden wir uns dem eigentlichen Lustspiel zu.

Hier ist es, wo wir von den Franzosen lernen sollten und hier ist es grade am wenigsten geschehen. Die deutsche Literatur besitzt heute wenig gute Lustspiele, die den so genannten Conversationsstücken der Franzosen gleichstehen. Die hausbackenen Figuren von Benedix, der die Erbschaft der seligen Iffland und Kotzebue angetreten hat, sind jetzt schon ziemlich veraltet, Bauernfelds Diktion ist arm an geistreichen Wendungen, Paul Heyse's Lustspiele sind zwar fein und poetisch, aber zu wenig bühnenwirksam, Gustav Freytag's Journalisten, vielleicht die beste der modernen deutschen Komödien, sprechen auch schon „von Tagen, die vergangen sind". Einer der vorzüglichsten, G. v. Moser, schreibt, ähnlich wie Putlitz, mehr in possenhafter Manier, indem er die ganze Fülle seines reichen Geistes nur für die Situationskomik verwendet, sodaß blutwenig für den Dialog übrig bleibt. Wir können diese äußerst oberflächliche Uebersicht nicht schließen, ohne an die guten Namen von Brachvogel, Wilbrandt, Hackländer und Wichert zu erinnern, die in ihren trefflichen Lustspielen gewiß niemals Conversationsstücke geschrieben haben wollen. — Die Stärke des feinen Lustspiels liegt aber gerade in der Conversation. Auf diesem Felde, in dem Conversationsstücke, das dem „esprit", den die Franzosen, wie kein anderes Volk als zu ihrer ganzen Anlage gehörig betrachten dürfen, die lohnendsten Erfolge verspricht, sind unsern Nachbaren jenseits der Vogesen wahre Meister. Ihr prickelnder Witz, ihre biegsame, weiche Sprache, die sie befähigt, alles was sie wollen, nicht nur klar und gut, sondern reizend, pikant und liebenswürdig auszudrücken, diese Zickzackmanier der Unterhaltung, die weniger aus Frage und Antwort, als aus Bemerkung und Gegenbemerkung besteht, diese wunderbare Anlage aus einem unscheinbaren Nichts den buntesten, schillernbsten Faden herauszuspinnen, mit den kühnsten Bildern und

Tropen zu spielen, diese „à tort et à travers", „causeries" u. s. w. — all dieses gehört den Franzosen.

Sehr, sehr wenig ist bis jetzt von dieser Gattung in Deutschland geschaffen worden und daher erklärt es sich auch zum Theil, daß die französische Produktion auf unserer Bühne so unverhältnißmäßig überwuchert.

Diese vielgerühmte Pikanterie, dieser witzelnde Dialog, auch bei den Franzosen nicht originell auf der Bühne geboren, ist die Sprache des Feuilletons und das Feuilleton ist es, das augenblicklich die Literatur gänzlich beherrscht. Wenn darum Heinrich v. Treitschke einmal die Literatur der letzten Jahrzehnte die des souveränen Feuilletons nennt, kann man ihm nur Recht geben. Wir sind dahin gekommen, daß ein Feuilleton — manchmal mit einem etwas vornehmeren Ausdruck auch „Essay" genannt — den Verfasser bei weitem beliebter und berühmter macht, als ein ernstes Drama. Alles, alles wird in der beliebten Form dieses Plauderstiles abgehandelt, selbst die Kritik, diese ernsteste aller Thätigkeiten verzieht ihr strenges Antlitz zum Lachen und gerade bei ihren härtesten, vernichtenden Urtheilen ist es, wo sie die heiterste Miene macht.

Daher kommt es, daß heute jeder elende Stribent, der über einige aufgelesene Witzbrocken zu verfügen hat, soviel von den ewigen Gesetzen der Kunst zu verstehen sich einbildet, um ein Werk beurtheilen zu können, dessen Inhalt er kaum halb gehört, kaum halb verstanden hat. Das Rezept zu einer Theaterkritik, wie sie heute in Masse fabrizirt werden, ist sehr einfach: Man mache ein paar schlechte Witze, womöglich Wortspielereien, füge ein paar mit einigen Fremdwörtern gespickte Redensarten über das Drama überhaupt, die zum Ekel abgenutzt sind, hinzu, einige persönlich interessante und pikante Details über den Dichter sind leicht zu erfinden und man schließe mit einem jener Citate, die man überall anwenden kann und seit Büchmanns unglückseligem Buche jedem zu Gebote stehen — und fertig ist die Kritik, nach der dann Tausende, die nicht wissen, wie es gemacht wird und die gern Andere für sich denken lassen, das Werk eines Mannes beurtheilen, das Drama eines Dichters, dem jene Kritikaster nicht die Schuhriemen zu lösen würdig sind. — Der Charakter der heutigen Literaturbewegung läßt sich in einem Worte zusammenfassen: pikant. Pikant im Trauerspiel, pikant im Lustspiel, pikant in der Kritik.

Ganz ein Kind dieser Epoche, ein Mann, der die Loosung derselben auf seine Fahne geschrieben, ein Deutscher, der den Franzosen ihre Vorzüge ablauschte, ist Paul Lindau. Wie als Kritiker, so als Dramatiker, wie als Tragiker, so als Lustspieldichter steht er mitten in diesem Zeitstrom als der hervorragendsten Einer.

Man hat ihn den deutschen Jules Janin, den Fürsten der Kritik genannt. Der Vergleich ist ehrend für Beide. Denn wenn er hinter dem französischen Kritiker — eben weil er ein deutscher Kritiker ist — an Beweglichkeit und Eleganz zurücksteht, so übertrifft er ihn ohne Zweifel an Gründlichkeit und Tiefe des Wissens, an Ernst, Gediegenheit der Kenntnisse und — an historischem Sinn. Sein Witz, seine treffende Satire, jene ungemein bewunderungswürdige Fähigkeit, seine interessante Individualität überall und immer ganz zum Ausdruck zu bringen, — eine Eigenschaft, die ihm seine Gegner in höchst ungerechtfertigter Weise als Arroganz auszulegen pflegen — sein feiner, Alles durchdringender Realismus im besten Sinne des Worts, seine wahrhaft divinatorische Beobachtungsgabe für jeden schwachen Punkt, — und alles dieses vereinigt in seinen Kritiken und Rezensionen haben ihn binnen Kurzem zu einer Autorität, zu einer Macht auf dem Gebiete der literarischen Kritik heranwachsen lassen. Die Rezension eines neuen Theaterstücks, eines neuen Romans in seiner „Gegenwart" ist unleugbar zu einem mit Spannung erwarteten Ereigniß geworden.

Was wird Lindau dazu sagen? heißt es in den Zwischenakten im Theater, wenn das Publikum der ersten Aufführung nicht weiß, was es von dem neuen Stück sagen soll. Um wieviel neugieriger und gespannter müßte man auf ein neues Lustspiel aus seiner Feder sein, seitdem man wußte, daß auch die Form des dramatischen Feuilletons ihm gegeben sei. — Die Grundlage aber seiner bis vor wenigen Wochen unerschütterten Beliebtheit, war der Umstand, daß man aus jeder einzelnen noch so scherzhaften und übermüthigen Rezension, aus jeder noch so polemisch-satirisch gehaltenen Kritik, heraussühlen konnte, das was er sagt ist des Mannes innerste, lebendigste Meinung, so klingt der Brustton der Ueberzeugung.

Ueber Paul Lindau's Leben ist bisher nur wenig bekannt geworden. Wenn wir einige dürre biographische Notizen in der Leipziger Illustr. Ztg. (wenn wir nicht irren Mai 1873) gelegentlich des großartigen Erfolges seiner „Maria und Magdalena" ausnehmen, so hat wohl bisher weiter kein Blatt eine jener beliebten Darstellungen seiner äußeren Lebensverhältnisse gebracht. Wir sind nicht geneigt, dies für einen Zufall oder gar eine Theilnahmlosigkeit zu halten, sondern erklären es uns dadurch, daß das literarische und dichterische Leben des Mannes interessant genug war und zu klar und offen vor allen Zeitgenossen von Anfang an dalag, als daß die Neugierde nach seinem Privatleben rege geworden wäre. Auch wir sind nicht in der Lage, dieselbe zu befriedigen, da wir einerseits dem Schriftsteller völlig fremd sind — andererseits die neuen Conversationslexika noch nicht bei dem Buchstaben L angelangt sind.

Als er Anfang des Jahres 1869 seine „harmlosen Briefe" für Dohm und Rodenbergs Salon schrieb, da kannten ihn wenige von den Vielen, deren hauptsächliche geistige Nahrung in der Lektüre der

belletriſtiſchen Blätter beſteht. Man war neugierig geworden auf dieſen verkappten „Kleinſtädter", deſſen ſatiriſche Laune über alles herſprudelte, was nur einen Anhaltspunkt geben konnte. Man amü=
ſirte ſich köſtlich über jene Parodie auf das berühmte Nationalepos, „die Völkerſchlacht bei Leipzig" von Profeſſor Minckwitz und rieth hin und her nach dem Verfaſſer, dem Dichter jener „Blüthen edelſten Ge= müthes" gegen Wagner:

Winſelnde Winde,
Wagalaweia
O Eſelinde,
O Eſeleia!

Jedes neue Heft des „Salon" wurde wie ein geflügeltes Wort Bismarcks beſprochen mit einer Wichtigkeit, mit einem Intereſſe, das nur jenen überaus feinen und treffenden Satiren verdankt wurde, jenen „Briefen" über den deutſchen Philiſter, mit ſeinen Kegelklubs, ſeiner Bierbankpolitik, ſeiner Vereins= und Comitémanie, ſeinem Familienklatſch und ſeiner öden Kannegießerei, jenen dialogiſchen Feuilletons über Ada Chriſten, die „verlorene" Dichterin, mit ihren Heineplagiaten und ihren elend=ſchwindſüchtigen Verſen. Und wer war der Verfaſſer dieſer Briefe? Ein junger Menſch, von dem man nur wußte, daß er in Elberfeld an einer politiſchen Zeitung ohne hervor= ragende Bedeutung gearbeitet hatte, daß er ſpäter das „Neue Blatt" in Leipzig redigirte, deſſen Briefkaſtennotizen zu den witzigſten und beißendſten gehörten.

Das neue Blatt, eine illuſtrirte belletriſtiſche Zeitſchrift, die aus der ungemein ſchönredneriſch=langweiligen „Allgemeinen Familienzei= tung" hervorgegangen war, zeichnete ſich namentlich in den Kriegs= jahren 1870/71 durch prachtvolle Porträts der damals populären Perſönlichkeiten und durch deren ſehr geſchmackvolle, nicht ohne poli= tiſchen Blick geſchriebenen Biographien aus. Eine Reihe „moderner

Märchen", satirisch=geschichtliche Erzählungen zur Entstehungsgeschichte und Politik des zweiten Kaiserreichs gehört zu dem Besten, was damals auf diesem Gebiete geleistet wurde. Die zahlreichen Aufsätze literaturgeschichtlichen, feuilletonistischen und kunsthistorischen Inhalts namentlich die, die sich auf Theater beziehen, sind fast sämmtlich, wie ihre eigenthümliche Sprache und ihre amüsante, liebenswürdige Schreibweise zeigt, von Lindau's Hand. Was sich in späterer Zeit an ihm in noch bedeuterem Maße zeigen sollte, konnte man schon bei dieser harmlosen Wochenschrift bemerken: Die Fähigkeit, sich die hervorragendsten Mitarbeiter, Schriftsteller wie Künstler, Gelehrte wie Feuilletonisten heranzuziehen, und was mehr ist, sie zu solchen Beiträgen zu veranlassen, die nicht nur der jeweiligen Individualität gemäß, sondern dem herrschenden Zeitgeschmack die willkommensten sind. Der damals noch lange nicht berühmte Schriftsteller P. Lindau konnte sich rühmen, Männer wie Brachvogel, Freiligrath, Holtei u. a. zu seinen Mitarbeitern zu zählen. Daneben arbeiteten eine Anzahl jüngerer Kräfte, von denen einige, wie Ernst Eckstein, der liebenswürdig=humoristische Dichter, Oskar Blumenthal, der feinsinnige Herausgeber der Werke Grabbe's und der Deutschen Dichterhalle seitdem „in weiteren Kreisen" bekannt geworden sind. —

Auch einige ansprechende Novellen, (sie sind seitdem in zwei Bänden gesammelt,) die, wie „der Tod der Frau Baronin" sich durch treffliche Charakteristik der Hauptfiguren und interessante Verwicklung auszeichnen, schrieb Lindau für das „neue Blatt".

Noch müssen wir eines, allerdings in spätere Zeit fallenden, aber zu diesem Genre gehörigen Buches, der Literarischen Rücksichtslosigkeiten (1871) gedenken, das kurz nach seinem Erscheinen vergriffen war und schon in dritter Auflage erschienen ist. — Dieses Buch enthält „gesammelte feuilletonistische und polemische Aufsätze" und ist für Lindau vielleicht das bezeichnendste, das er je publicirt. Eröffnet wird es mit einer ziemlich umfangreichen Arbeit über H. Laube als Bühnenleiter. Lindau kannte den alten trefflichen Dramaturgen persönlich, er „konnte ihn in der Werkstatt an der Arbeit beobachten" und schildert nun in objectiver, sachkundiger und eingehender Weise Laube's Art und Kunst und die Manöver und Anlässe, die denselben aus seiner Leipziger Direktorstelle scheiden ließen. Einige politische Studien über Rochefort und Vikt. Hugo, die Schilderung eines gothaischen Hoffestes, eine Würdigung Heinrich Kruse's und anderes mehr stammen aus der Zeit des „neuen Blatts" und sind von geringerer Bedeutung. Der wesentliche Theil der Literarischen Rücksichtslosigkeiten, der polemische, ist von größerer Wichtigkeit. Lindau, der mit einer feinen psychologischen Studie zu Molière's Biographie, einer Ergänzung und Erklärung dieses unglücklichen Dichterlebens aus den Werken Molière's selbst, die Doktorwürde erworben hat, bespricht hier Gutzkow's Urbild des Tartüffe. Er weist nach, daß der „viel bewunderte und viel gescholtene" Dichter des „Urbilds" nur höchst oberflächlich das eigentliche Urbild, Molière's Tartüffe kennt, da er sich in seiner Dichtung die gröbsten Verstöße gegen die literarhistorische Wahrhaftigkeit hat zu Schulden kommen lassen. Dieser Feldzug des „jungen unbekannten Schriftstellers" gegen den berühmten Dichter erregte ungemeines Aufsehen durch die darin bewiesene umfassende Detail-Kenntniß der Zeit und Dichtungen Molière's und durch den aus jeder Zeile leuchtenden sittlich-ernsten Wahrheitstrieb des Verfassers. Lindau ist ein feiner Kenner und großer Verehrer des großen französischen Lustspieldichters und dieser, wie ein andrer Aufsatz „Molière in Deutschland", zeigen, daß ihm Molière zur Herzenssache geworden ist. Endlich enthält das Buch noch außer „Proben moderner Uebersetzungskunst" (gegen Dingelstedt und Bodenstedt gerichtet,) einen „offenen Brief an den Literarhistoriker Herrn Dr. Julian Schmidt" über deutsche Gründlichkeit und französische Windbeutelei, der als ein Muster satirischer Schreibart angesehen werden darf. Der Verfasser versichert den Adressaten darin: „Sie werden bemerken, daß ich meine Feder in Rosenwasser tauche und jedes meiner Worte mit ängstlicher Behutsamkeit wähle, daß ich Sie, mein verehrtester Herr, mit demjenigen Respect behandle, auf welchen Ihr gefeierter Name Anspruch machen kann." Der Besitzer dieses gefeierten Namens hatte nämlich einen Artikel über Alex. Dumas den Sohn veröffentlicht, der, wie Lindau sagt, als Muster seiner Kritiken gelten kann. „Dieselbe feuilletonisirende Wissenschaftlichkeit, dasselbe geistreichelnde Halsumbrehen, dieselbe liebenswürdige Frivolität im Talentabschneiden, dasselbe Gemisch von Grazie und Brutalität, Kenntnissen und Thorheiten, gesunden Ansichten und verschrobenen Ideen wie überall; Caviar fürs Volk, schwarze Seife für den Kenner; vernichtende Jovisblitze für Kurzsichtige, Colophonium für den der etwas genauer hinsieht. (S. 147. Lit. Rücks.) u. s. w.

— Im April 1872 wurde am Berliner Residenz=Theater „Marion" von Paul Lindau aufgeführt. Nun kannte man ihn schon als Redakteur der Gegenwart, als geistreichen Kritiker, als satirischen Feuilletonisten und fragte sich, dieser Paul Lindau, der glühende Verehrer Molière's, läßt ein Trauerspiel, eine Art französischer Sittengemälde aufführen? Man war neugierig geworden — und der Erfolg Marion's war ein bedeutender. —

Das Werk hat vielfach Opposition erregt, der Dichter selbst hat es scharf kritisirt und später bedauert, es geschrieben zu haben — weshalb? ist uns stets unklar geblieben. Man sagte, Marion sei überhaupt kein Drama, es fehle dem Stücke jede Einheit, ja, man könne jeden Act als für sich bestehend ansehen und so aus dem einen vier Dramen herausrechnen. Wenn aber eine reichgegliederte Handlung, die folgerecht aus den Charakteren und Anlagen der Personen entspringt, die trotz der, die einzelnen Akte trennenden Zwischenräume nicht sprunghaft sich entwickelt, — wir werden hierauf zurückkommen

— wenn eine scharfe Charakteristik der Figuren, wenn ein geschickt geschürzter und nicht minder geistvoll gelöster Knoten, der durch die tragische Natur der Heldin sich knüpft, verbunden mit einer glänzenden Diktion, Kennzeichen eines Drama's sind, so ist Marion dies in eminentem Sinne. Ob der Dichter den Stoff wirklich durchlebt hat, wie er in seiner Kritik in der Gegenwart (1872, Nr. 14 S. 219.) erzählte, ob er ihn erfunden, gilt uns gleich; darin aber zeigt sich der Sohn der Zeit, daß er gerade einen solchen Stoff zum Vorwurf seines Trauerspiels machte. Wie es eine „platonische" Liebe giebt, giebt es auch einen „platonischen" Ehebruch, den Ehebruch im Gedanken und dieser ist hier bereits Thatsache vor der Verheirathung mit dem Gatten, den die entsetzliche Vernünftigkeit der modernen Gesellschaft der Marion zuführt. Wenn auch der physische Ehebruch nicht vollzogen ist, wenn auch vorher der Liebhaber den Gatten erschießt, — wir haben hier eine ernste Tragödie, der das sechste Gebot unverkennbar auf die Stirn gedrückt ist. Marion achtet ihren Gatten, aber eine eisige Gleichgültigkeit gegen ihn entfernt ihre beiden Herzen von einander, sie ist schlimmer daran, als wenn sie ihn haßte, denn die Negation jeden Gefühls für ihren Gatten bringt ihr den schlimmsten Feind, die Langeweile. Kein Kind ist ihnen gegeben, um den Fluch der blasirten Gleichgültigkeit aus ihrem Innern zu verbannen, und so siecht sie dahin an dem neuesten aller Uebel, an der Krankheit des neunzehnten Jahrhunderts. Als sie nun erfährt, daß ihr Gatte sie betrügt, jauchzt sie auf, denn nun hat sie das Recht, ihn zu hassen. In dieser Stimmung findet sie der, den sie liebt, den sie immer liebte, ohne es sich zu gestehen und die Wuth gegen den Gatten, der tief verletzte Stolz des Weibes und die Erregtheit ihrer ganzen Natur lassen sie vergessen, was sie vor dem Altar geschworen. Daß hier eine wahrhaft tragische Peripetie liegt, springt jedem Unbefangenen in die Augen. Wir können deshalb unverzüglich zur Widerlegung der zweiten Behauptung übergehen, daß die Handlung in „Marion" aphoristisch sei. Wir sehen im ersten Akt das Mädchen, im zweiten die Gattin, im dritten die Maitresse, im vierten die Bettlerin im Spital.

Es ist klar, daß zwischen den einzelnen Aufzügen längere Zeiträume verstrichen sind, aber der Vorwurf des sprunghaften wäre erst dann gerechtfertigt, wenn uns diese Akte ganz verschiedene Charaktere der Heldin darböten. Das ist aber nicht der Fall. Die gelangweilte Gattin des Grafen d'Eperville ist das Mädchen, das ihm gerade so ihre Hand gegeben, als wenn er sie aufgefordert hätte, einen Spaziergang zu machen, oder einen Walzer mit ihm zu tanzen, — die ehebrecherische Gattin ist dieselbe, deren Herz von Anfang an dem jungen Alfred de Ribeau gehörte, die Cameliendame des dritten Aktes ist die sich selbst betäubende Frau, der ewig der in Blut schwimmende Leichnam des ihretwegen getödteten Gatten die Phantasie erfüllt, und endlich, wer wollte in der Bettlerin und Schwindsüchtigen das logische Ende der Bacchantin verkennen, die sich den Schlaf durch betäubende Getränke, das Vergessen durch Nervenreizungen, denen die gräßlich nüchterne Abspannung folgt, erkaufen mußte, die von einer rasenden Laune zur andern getrieben, sich und Andere ruinirte, um in dem stets neuen Elend der Anderen das eigene zu vergessen.

Welche Zumuthung aber für ein Publikum eine sittlich so verworfene Person, wie diese Marion, als Heldin eines Dramas zu sehen, wen soll ein solches Wesen, das den Namen des Weibes verwirkt hat, fesseln? dies ist das schwerste Geschütz, das die um Gottes willen anständigen Leute in der Kritik gegen diese „Schmarotzerpflanze des modernen Franzosenthums" ins Feld führen. Auf den Vorwurf der Verworfenheit brauchte eigentlich nicht erst geantwortet zu werden, denn das ewige Gesetz der Kunst, das einem Shakespeare, einen Richard und Jago, das Schiller seinen Franz gestattete, hat eben nichts von seiner Ewigkeit eingebüßt. Aber, wird man sagen, diese Gestalten haben Etwas vom Dämon in sich, das ihre Natur nicht mehr menschlich verworfen, sondern teuflisch und bis ins Ungeheuerliche unsittlich erscheinen läßt, sobaß man sie nicht nach menschlichem Maaße beurtheilen darf. — Nun denn, von dem Augenblick, da sie das Blut des Gemahls fließen gesehen, ist auch Marion's Wesen über das gewöhnliche hinaus; so wie sie, handelt kein gewöhnliches Weib, unheimlich, dämonisch wirkt ihre Raserei bei dem wüsten Gelage, dessen Mittelpunkt sie bildet, und wir fühlen Entsetzen vor dem Weibe, das ihren Geliebten, den sie vergötternden Alfred de Ribeau, ihre einzige Stütze, in einer tollen Laune von sich stößt. Vor der gräßlichen Katastrophe in ihrem Leben war sie keine Verworfene, sie war leichtsinnig ein Opfer der Convenienz geworden. Und wie fürchterlich büßt sie nicht die kurze Zeit der Raserei, in die sie ihr entsetzliches Loos, ihre teuflische Natur trieb. Ein Dolchstoß ist jedes der Worte, das die vom Typhus erstandene Bettlerin, die einstige Geliebte des Grafen d'Eperville, die im Spital als Patientin Nr. 38 aufgenommen ist, ihr entgegenschleudert, ohne zu wissen, daß sie zu der Frau selbst redet, die ihre Worte verurtheilen. Und wer diesen Figuren lebendiges Interesse entgegen bringen soll, fragt man? Nun denn, wer diese Frage stellen kann, dem zu antworten sind wir der Mühe überhoben, denn ihm werden die furchtbaren Mächte, die im Menschenherzen wohnen, und die nur die Poesie erschließen kann, in ewigen Zeiten ein Buch mit sieben Siegeln bleiben. —

Eine treffliche Charakteristik der modernen Gesellschaft vollendet die Vorzüge dieses geistreichen Werkes. Sie sind wahr, dieser Dr. Guenard, die ehrenhafte, ein wenig philiströse Natur, seine sanfte, schalkhafte Angeline, sie leben, diese blasirten Marquis, diese gelbschweren Vicomtes aus der Provinz, deren pekuniäres Vermögen, welches die Demimonde verschlingt, in umgekehrtem Verhältniß zu ihrem geiſtigen ſteht; ſie exiſtiren, dieſe Schößlinge aus der gemeinen Geſellſchaft der abligen Spielhöllen, dieſe jungen Luzien, die ihre Bildung in den Bouffes parisiens erworben haben.

Der einzige Fehler des Stückes liegt in ſeiner Oekonomie. Eine Eigenthümlichkeit aller bisher erſchienenen Lindau'ſchen Dramen iſt die Theilung in 4 Akte. Uralt aber iſt das im Weſen des Trauerſpiels begründete Geſetz der ungeraden Zahl der Akte, damit ein zwiſchen dem erſten und letzten Theile des Stückes befindlicher Akt da ſei, um die Peripetie, die das Grundprinzip der Tragödie iſt, zu veranſchaulichen. Dieſer Umſchwung im Charakter und der Handlungsweiſe des Helden wird ſich in einem guten Drama meiſt in der Mitte des mittleren Aktes befinden, ſo daß uns ein muſtergiltiges Trauerſpiel das Bild einer auf- und abſteigenden Pyramide darbietet. Jener die Peripetie enthaltende Akt iſt darum ſo nothwendig, weil wir den Umſchwung in der Geſinnung des Helden mit allen Folgen vor unſern Augen ſich vollziehen ſehen wollen. Haben wir nun eine Theilung in 4 Akte, alſo eine gerade Zahl, ſo muß, um dem im Weſen des Drama's begründeten gleichmäßigen Steigen und Fallen der Verwicklung wenigſtens einigermaßen gerecht zu werden, das die Peripetie unmittelbar herbeiführende Ereigniß an das Ende des 2. Aktes fallen, und der Umſchwung tritt uns dann im dritten Akte als vollendete Thatſache entgegen. Oder aber der dritte Akt bringt uns die Umwandlung, dann iſt in noch höherem Maße das Geſetz der Gleichmäßigkeit verletzt, denn dem ſo lange anhaltenden Steigen folgt ein zu kurz bemeſſener Raum für das Fallen. Die Verletzung dieſes Geſetzes alſo iſt es, die der „Marion" zum Vorwurf zu machen iſt, denn auf die Ereigniſſe am Schluſſe des zweiten Aktes folgt der Umſchwung zwiſchen dem 2ten und 3ten, ſo daß wir alſo, wenn wir ihn auch vorherſehen müſſen, doch nicht unmittelbar Zeuge deſſelben ſind. —

Für das Luſtſpiel und Schauſpiel, denn unter dieſem Namen

sind die späteren Lindau'schen Dramen erschienen, — Namen auf deren Berechtigung wir nach Besprechung des Einzelnen noch zurückkommen — können wir eher diese Theilung in 4 Akte gelten lassen. Denn hier wird gegen kein Gesetz verstoßen, andere sind die Regeln der Tragödie, andere die des Lustspiels. Das Hauptprinzip jener, die Peripetie, findet sich zwar, wenn man will, auch bei diesem vor, allein in einem wesentlich verschiedenen Sinne. Der Umschwung im Lustspiel ist zugleich der Schluß desselben; wenn sich alle die Verwicklungen, auf denen es basirt, gelöst haben, tritt auch die Wandlung der Ideen bei den Einzelnen ein — und damit ist eben das Ende der Komödie gegeben.

Hier gilt es also gleich, ob eine gerade oder ungerade Anzahl von Akten auf diesen Umschwung oder Schluß vorbereitet.

Dies führt uns zu der Untersuchung der ferneren Dramen Lindau's. Vorher gestatten wir uns noch wenige Worte über eine einaktige dramatische Kleinigkeit des Dichters, „In diplomatischer Sendung." Den Stoff dieser psychologischen Studie hatte Lindau schon in einer Novelle (abgedruckt im Neuen Blatt) behandelt. Es gilt hier, einer Frau, die ihren heißgeliebten Gemahl todt glaubt und betrauert, die Nachricht zu bringen, daß derselbe lebt und sich wohl und munter befindet. Dieser „diplomatischen Sendung" entledigt sich einer der früheren Anbeter der Frau, Doctor Iller, so daß dadurch eine eigenthümliche pikante Verwicklung gegeben ist, die dann in glücklichster Weise gelöst wird. Wenn auch manche Effekte in etwas possenhafter Manier durchgeführt sind, so bietet doch schon dieses Lustspiel hier und da Vorzüge, die ein hervorragendes Talent erkennen lassen. Die Sprache ist auch hierin geistvoll und fein nüancirt und zeigt den unbewußten Nachahmer jener französischen, reizvollen Art, die Lindau's prosaische Aufsätze auszeichnen.

Als im Winter 1872 „Maria und Magdalena" zuerst in Wien

und Berlin und dann auf faſt allen Bühnen Deutſchlands, großen wie kleinen, mit einem Erfolge geſpielt wurde, den ſeit langer Zeit kein Luſtſpiel errungen, da waren alle Stimmen, ſowohl in Privat= kreiſen, wie zum Theil auch in der Preſſe einig, Paul Lindau ſei zu Großem berufen. Wir ſagen „zum Theil auch in der Preſſe", denn ſchon damals machten ſich einige Stimmen, entgegengeſetzt der Anſicht des Publikums, in aggreſſiver, doch noch ſehr zahmer Weiſe geltend, die nörgelnd und neidiſch dem Dichter ſeinen Erfolg herabzuſetzen be= müht waren. Dieſen Herren Kritikern merkte man es nur zu deut= lich aus jeder Zeile ihrer Beſprechung heraus, wie wenig dies glän= zende Geſtirn zu der düſtern Atmoſphäre ihrer Scheelſucht paßte. Doch damals hielt die allgemeine Anerkennung und die freudige, enthuſiaſti= ſche Aufnahme des Luſtſpiels von Seiten des Publikums dieſe Gelüſte noch im Zaum, und ſo ſchluckten ſie ihren Groll über manche vorhan= dene beißende Anſpielung auf das Induſtrieritterthum in der Kritik und die literariſche Wegelagerei noch hinunter und ſparten ihren Grimm auf beſſere Zeiten. —

Man bewunderte an dem neuen Luſtſpiel viel Unerhörtes. Die Keckheit des Griffs, mit der die geheimſten Schäden und Schwächen des „modernen" Herzens auf die Bühne gebracht waren, ließen auf eine ungemeine Lebens= und Welterfahrung ſchließen. Und grade den höheren, ſogenannten „gebildeten" Ständen wurde ein Spiegel= bild vorgehalten, das zwar wenig ſchmeichelhaft, aber ſprechend ähn= lich war. Eben weil man ſich getroffen fühlte, ſprach man von der „ſchlechten Geſellſchaft und Bekanntſchaft" des Künſtlers, die ihm zu ſolchen Geſtalten geſeſſen hätte — und vergaß nur dabei, daß man ja ſelbſt direkt oder indirekt zu ſeinen Bekannten gehörte. Der ordens= ſüchtige Commerzienrath, der ſeine Tochter verſtößt, weil ſie ein Ver= hältniß mit einem Lehrer der Penſion angeknüpft haben ſoll, jene aufgeblaſenen, nichtsſagenden und nichtsdenkenden Krautjunker à la Rosenkranz und Güldenstern, die nur paarweise für Einen gelten können, jene unweiblichen Mädchennaturen, die ihren Verstoß gegen guten Ton und ehrenhafte Sitten nur zu schlau zu bemänteln verstehen — man kannte sie zwar, man hatte sie im Leben, wie auf der Bühne verspottet und verächtlich gemacht, aber sie in einer, um so zu sagen, tragischen Komik an den Pranger zu stellen, sie mit einem so naturwahren, herb-satirischen Realismus zu schildern, das hatte Keiner gewagt. Und dann, welch edles, mildes Seelenfeuer, welche stolze, vornehme Ruhe strahlte aus einer Maria Verrina, der ungerecht verstoßenen Tochter. Eine wahrhaft aristokratische Künstlerseele, eine wirklich poetische Natur, wie sie wohl leben, wie sie aber nicht Jeder kennen lernt, nicht jeder erkennt, war sie vom Dichter geschildert. Endlich, bei all dem sittlichen Ernst, der strengen poetischen Gerechtigkeit, die in diesem Lustspiel herrschten, dufteten die köstlichen Blüthen des Humors, der lebenslustigen Laune. Man sage nicht, es streife an den „Kalauer", wenn Professor Laurentius seinem fürstlichen Freunde, der ihm seine bevorstehende Verlobung ankündigt, die neckische Frage entgegenwirft, „gegen wen?" Werden doch jetzt, namentlich in Berlin, bei weitem nicht so gute Witze gemacht. Die Zeit des feinen Witzes scheint überhaupt für uns vorüber zu sein. Mit den vor- und nachmärzlichen Zeiten, den Tagen der ersehnten Emanzipation, mit den trüben Jahren der Reaktion scheint unsere Fähigkeit, wahrhaft gute Witze zu erfinden begraben zu sein. Man vergleiche die älteren Jahrgänge unserer Witzblätter, sowohl der politischen wie der frei-humoristischen mit den in den letzten zehn Jahren publizirten: man staunt über die Dürre, die Monotonie der Wortspielereien, über die Seltenheit der wirklichen, feinen Satire in den jetzigen Blättern: die abgebroschensten Scherze werden immer wieder mit neuen, pikant sein sollenden Saucen aufgetischt. Früher dagegen war jede Nummer dieser Blätter*) voll der beißendsten Bemerkungen, voll der feinsten Persifflage; Wortspiele, die fadeste Art des Witzes, finden sich höchst selten; facit indignatio versum heißt es dabei in etwas umgebeutetem Sinne, die indignatio ist heut eben nicht mehr so groß wie damals. — Auch die verrottetsten Schäden, die häßlichsten Auswüchse unserer Zeit hat der Dichter aufzudecken sich nicht gescheut — sie dienen nur als Folie dem Besseren. Das schändliche, standalöse Treiben der Theateragenturen, ihre Jedem bekannte Käuflichkeit und ihre dennoch unantastbare, vielumworbene Macht, ihre Rührigkeit im Aufspüren und ihre rücksichtslose Gemeinheit im Publiziren jedweden Familienklatsches, dessen Verschweigen man ihnen nicht abkauft, jene Revolverliteraten, die schon auf der Schulbank anfangen „für Journale zu arbeiten", um nach vollbrachter Tertia jedes Redaktionsbureau — sowohl Vorder- wie Hinterthüren — zu belagern, Paul Lindau hat sie gekennzeichnet in ihrer Hohlheit und Nichtswürdigkeit, er hat sie gebrandmarkt mit dem Male der Verächtlichkeit — und hat sich ihren unauslöschlichen Haß zugezogen. —

Die Fabel in Maria und Magdalena ist zwar pikant und kühn erfunden, wenn auch ein nicht unbeträchtliches Maaß von Naivetät von uns gefordert wird, um an die Voraussetzung vieler Unwahrscheinlichkeiten in derselben zu glauben.

Die Bühnenwirkung mancher Szenen des Lustspiels ist äußerst künstlerisch berechnet, so z. B. jene fünfte Szene des ersten Aktes, in der Professor Laurentius — ganz Lindau selbst — unsere moderne Gesellschaft in scharfen Contouren nicht ohne treffende Anspielungen auf die anwesenden Personen skizzirt. Die in dieser Szene angewandte refrainartige Wiederholung „so etwas kommt bei uns nicht

---

*) Man schlage die 1848er Blätter, wie etwa den „Krakehler", „die ewige Lampe", die Jahrgänge des Kladderadatsch aus den fünfziger Jahren nach und man wird das Gesagte bestätigt finden.

vor" die deutschen Biedermänner nur allzu oft den „frivolen" Franzosen gegenüber im Munde führen, ist von geradezu packender Wirkung. Mag man auch und vielleicht nicht mit Unrecht einwenden, es sei mindestens sehr unwahrscheinlich, daß ein gebildeter Mensch dergleichen Sottisen einer ganzen Gesellschaft ins Gesicht schleudern würde — die Szene, einigermaßen gut gespielt, zündet und erst eine nachhinkende Reflexion bringt den Zweifel an der Möglichkeit derselben im Leben mit sich. Ferner, jener Auftritt zwischen dem humoristischen Thiermaler und dem um jeden Preis aristokratischen Commerzienrath, in welcher dieser den Professor bittet, sich zum „Dekorationsmaler" herabzulassen, ist ein Produkt sprudelnder Laune und voll des farbenreichsten Witzes.

———

Nach dem Erfolge dieses Lustspiels war das Talent Lindau's in der öffentlichen Meinung zu einem so wichtigen Faktor geworden, daß man einem neuen Werke aus seiner Feder mit der größten Spannung entgegensah. Wird dieser „Diana", so hieß das neue Drama, das Publikum ebenso bezaubert gegenüberstehen, wie einst Aktäon der göttlichen Jägerin? In diesem Sinne fragte man sich im Winter vorvorigen Jahres. Als „Diana" nun auf den Brettern erschien, und mit Recht die lebhafteste, allseitige Opposition hervorrief, sah man viele enttäuschte Mienen und unzählige fröhliche Gesichter, die schadenfroh verkündeten, daß man nun wohl das neue Licht, das allzuhell zu leuchten begonnen hatte, für immer als erloschen betrachten dürfe.

Der Dichter hat hier die Fehler seines vorhergehenden Werkes vermieden; keine unwahrscheinliche Fabel, nicht so extravagante Charaktere finden wir, es ist nicht eine große Szene, auf die hier zugesteuert wird, wie dort die im dritten Akt zwischen Maria und Magdalena, sondern eine reiche Handlung entwickelt sich vor unsern Augen. Dennoch steht Maria und Magdalena bei weitem höher. Ueberall dort packende Situationen, seien es tragische, seien es komische; nirgend erlahmt das Interesse an den Vorgängen auf der Bühne, man fühlt sich von jeder Szene erwärmt und unterhalten — hier wird trotz der korrekten Composition nie ein volles, einheitliches Gefühl in dem Zuschauer hervorgerufen, Diana ist, wie jene ewig keusche Göttin, kalt und läßt kalt.

Der Hauptfehler des Stückes liegt in der Darstellung und Zeichnung der Gräfin Esther, da man nicht weiß, wie man sich zu ihr stellen soll. Der Charakter derselben ist unklar und mußte es bei der Anlage des Stückes bleiben, aber leider ist die Gräfin die Hauptperson des Stückes, leider ist sie die Heldin, die ihm den Namen gegeben. Der Dichter hat uns nicht aufgeklärt über das Verhältniß, in dem Kurt von Dahlen zu der Gräfin gestanden. Waren es schuldige und strafbare Beziehungen, die zwischen ihnen walteten, so wäre ja Esther wirklich die Abenteurerin, die der Ruf aus ihr machen will, und ganz offenbar soll sie das nach dem Willen des Verfassers nicht sein. Bestand aber nur ein unschuldiges Verhältniß zwischen ihnen, Beziehungen, die den von ihr mit mütterlicher Hingebung nach seiner Verwundung gepflegten Kurt durch die engsten Bande der Dankbarkeit an sie fesseln mußten, so wäre jener geradezu ein Lump, da er ihr die schmählichste Behandlung angedeihen läßt. Würde der Dichter aber einen solchen Schuft mit der Hand der Else belohnen? Weshalb in letzterem Fall die gewaltige Agitation Kurt's gegen eine Verbindung der Gräfin mit seinem Vater? Wie ist es möglich, daß eine ungerechter Weise so tief gekränkte Frau, wie es Esther durch Kurt ist, sich den versöhnenden Handkuß des Beleidigers gefallen läßt? Man sieht, hier liegt eine Fülle von Unklarheiten, ja von Unmöglichkeiten, die alle aus dem einen erwähnten Cardinalfehler resultiren. Darum ist es undenkbar, daß diesem Werke jemals ein Erfolg auf der Bühne werden könnte. Trotz der angeführten Schwächen zeigt jedoch auch dieses

Drama Züge eines bedeutenden Talents. Friedrich Wilhelm Kuck, der Allerweltsfreund, ist ein Prachtexemplar jener guten und sehr braven Leute, die am liebsten sich reden hören und die, um auch ein Recht zu haben, viel zu reden, sich der größten Freundschaft mit allen Berühmtheiten der fünf Welttheile rühmen. — Die alte treuherzige und herzlich ungebildete Minna, die mit den besten Absichten stets Alles verkehrt macht, die lebenslustige, neckische Else, endlich die episodische Figur des stets in Geldverlegenheit schwebenden Malers oder Bildhauers Vogel sind lebenswahre Gestalten und treffend gezeichnete Charaktere. Und dennoch, sie alle können dem Werke nicht den Fluch nehmen, der in den oben ausgeführten Widersprüchen liegt, den Fluch nicht der Langenweile, aber des Mangels an Interesse. —

Diejenigen, die Lindau als Dramatiker durch diesen Mißerfolg als vernichtet ansahen, wurden sehr getäuscht, als schon nach Jahresfrist ein neues Lustspiel aus seiner Feder auf der Berliner Bühne erschien. „Ein Erfolg, Lustspiel in 4 Akten", das vor wenigen Wochen zuerst aufgeführt wurde, ist es, welches diese ganze Charakteristik Lindau's hervorgerufen hat, da wir glauben, daß niemals einem Dichter oder einem Schriftsteller sowohl von Seiten des Publikums, als durch die Kritik so ungerecht mitgespielt wurde, als bei Gelegenheit dieses Stückes. Der Verfasser selbst hat schon vor einiger Zeit in der „Gegenwart" die Hauptpunkte erwähnt und begründet, die bei der Beurtheilung dieses Lustspiels zur Sprache kamen. Um so mehr glauben wir einer Ehrenpflicht zu genügen, wenn wir nach einer objektiven Darlegung des mit diesem Tendenzstück zusammenhängenden Sachverhalts, nachzuweisen suchen, wie ein unbefangenes Urtheil in dieser Angelegenheit lauten muß. —

Wer am Abend des 7. November v. J. im Königl. Schauspielhause der ersten Aufführung von Lindau's Erfolg beiwohnte, wer das Publikum beobachtete, dessen spannungsvolle Aufgeregtheit und gewaltig kritische

Stimmung, der mußte sich sagen, wenn das Stück nicht hervorragend gut, nicht packend komisch ist, dann — armer Dichter! Der Vorhang ging hoch. Einige harmlose Bemerkungen auf der Bühne, die unter gewöhnlichen Umständen, bei einem weniger gereizten Publikum, wenigstens ein Lächeln hervorgerufen hätten — als Antwort ein sonores „au! au!" auf dem 3. Rang, Zischen unten, Scharren oben u. s. w. Man spielte weiter. Alles blieb kalt. Nach dem ersten Akte versuchten einige zu klatschen und wurden mit Vehemenz niedergezischt. Diese Stimmung wurde durch den zweiten Akt zwar nicht gehoben, aber doch gemildert, der dritte Akt zündete vollständig, man rief den Dichter und die Harmloseren waren froh aus diesem „Langen und Bangen in schwebender Pein" wenigstens einigermaßen befreit zu werden. Leider erwies sich der vierte Akt für dieses Publikum als nicht auf der Höhe des britten und man ging mißmuthig aus dem Theater. Woran lag's? fragten sich die, die von Lindau niemals kritisirt worden waren und also keinen Grund hatten, sich mit seinem Mißerfolge zu freuen. Die Antwort ist nicht so einfach, wie die Herren Kritiker aller Berliner Blätter glaubten. Was den „Erfolg" scheitern ließ, war, so scheint es uns, der Umstand, daß es eine literarische Komödie war, ein Tendenzstück, dem das große Publikum, und das ist der entscheidende Theil bei jeder ersten Aufführung, kein Interesse entgegen brachte und entgegenbringen konnte. Unsere Tage sind von viel zu viel wichtigen Lebensfragen angefüllt, als daß es uns nicht so gut als gleichgültig, höchstens auf eine Stunde amüsant wäre, ob der Kritiker X. den Dichter Y. abgekanzelt und der Schriftsteller Z. den Dramatiker A. lächerlich gemacht hat. Diese Dinge finden nur Interesse bei denen, die wir die Gourmands der Literatur nennen möchten, bei denen, die noch etwas von der Art des vorigen Jahrhunderts in sich haben, da ein neues Schauspiel ein Ereigniß und eine Kritik eine Wichtigkeit war, die zu den ernstesten und interessantesten Dingen gehörte. Leider giebt es von dieser Art nur Wenige und in Berlin nicht genug, um ein Schauspielhaus auszufüllen. Dieser Umstand trug wohl die größte Schuld an der mißfälligen Aufnahme dieses Lustspiels. Daß außerdem noch sehr viele persönliche Beziehungen wirkend waren, um das Stück zu Fall zu bringen, zeigt jede Zeile der Kritiken über den „Erfolg". Anstatt, wie es die Aufgabe der ruhigen, würdigen Kritik ist, Strich für Strich die Zeichnung des Künstlers zu verfolgen, aus dem Stück, den handelnden Personen und deren Charakter herauszuspüren, was der Dichter wollte und zu beurtheilen, wie ihm seine Absicht gelungen ist, beginnen die Herren mit der „Vorgeschichte" und reden allerlei von „Applomb"*) „dem Helden des Tages", ... „welcher bisher doch schöpferisch so wenig an wahren Verdiensten aufzuweisen hat" u. s. w. Man lese die Recensionen von Börne, der doch auch etwas von Kritik verstand; selbst die elendesten Stücke sind mit einer Liebe, einem tiefgehenden Verständnisse behandelt, die eben nur der haben kann, dem die Blüthe der dramatischen Kunst eine Herzenssache ist, aber nicht die, die aus kleinlichen, ephemeren, persönlichen Beweggründen über alles und jedes mit demselben selbstgenügsamen, vornehmthuerischen, hohlen sittlichen Pathos und mehr oder weniger inhaltloser Krittelei obenhin absprechen. Man kann die Berliner Kritiken über den „Erfolg" in zwei Gruppen sondern, von denen die eine, die größere, gar keinen Werth hat, die andere, kleinere und nur durch die National=Zeitung repräsentirte, mit Verständniß aber auch nicht ohne persönliche Gereiztheit geschrieben ist. Als Prototyp der ersten Gattung kann die Recension der Vossischen Zeitung gelten. Um zu zeigen, wie heute die öffentliche Meinung „gemacht" wird, will ich diese Kritik etwas näher beleuchten. Im ersten Absatz (kurz nach der Titelangabe des Stückes) heißt es, die

---

*) Das doppelte p ist natürlich ein Druckfehler in der Kritik des Herrn M. R—y in der Vossischen Ztg. (Nr. 263. Dienstag, 10.. Novbr. 1. Beil.)

Novität habe die Erwartung und Spannung getäuscht, „tant de bruit pour une omelette". Nach diesem Citat, das jeder Sekundaner schon als höchst abgegriffen verachten würde, folgt im 3. und 8. Absatz eine äußerst heftige Abfertigung, der „Aeußerlichkeit der Mache" des „poetischen Hauches in der Scene mit dem Lorbeerkranz", der „Allotria", „des wohlfeilen Effekts", der „stilistischen Gewandtheit" u. s. w. Oben also „omelette", hier „stilistische Gewandtheit" und „poetischer Hauch." Wenn das Stück wirklich so unbedeutend und so „erkältend" ist, warum werden Sie denn so hitzig, Herr M. R—y? Das Stück wird mit Freytag's Journalisten verglichen, Fritz Marlow mit Conrad Bolz, und diese „oberflächliche Verwandtschaft", wie es heißt, wird mit jedem Wort wieder zurückgenommen. Wo bleibt da der gesunde Menschenverstand? Außerdem wird es als „Rohheit" bezeichnet, daß Marlow „ein Recept, das er anzuwenden pflegt, um das Herz junger Mädchen zu entflammen, auch an einem Wesen probirt, für welches er eine ernstere Neigung empfindet." Vor dieser pikanten Szene hat Fritz Marlow das junge Mädchen erst eine Viertelstunde gesehen, und von einer „ernsthaften Neigung" kann nach seiner höchst spaßhaften Auseinandersetzung im ersten Akt gar nicht die Rede sein. Wir wollen gleich hier bemerken, daß wir die Handlungsweise Marlow's keineswegs bemänteln oder entschuldigen wollen, ebensowenig wie sie wohl der Dichter selbst als eine richtige erscheinen lassen will. Wir glauben diese Szene recht zu verstehn, wenn wir annehmen, daß Lindau in seinem Marlow einen genialen Menschen mit all seinen Vorzügen — und wir sagen es offen — all seinen Dummheiten schildern wollte. Ein Marlow kann wohl einmal eine Thorheit begehen, denn es ist das Vorrecht des originellen Kopfes, ungestraft Streiche zu verüben, die die Gesellschaft dem Dutzendmenschen nie vergeben würde. — Wir kommen wieder zu unserer Recension. Eine beliebte Manier der Beurtheilung ist es, das, was wirklich zündet, einen „wohlfeilen Effekt" zu nennen. Als solchen bezeichnet Herr M. R—y die nach ihm von "poetischem Hauche" durchwehte Liebesszene im Foyer. (Dritter Akt.) Also zuvor findet er "poetischen Hauch" in dem Lorbeerkranze, nachher ist es ein "wohlfeiler Effekt". — In dieser wunderlichen, konfusen Manier ist die ganze Recension geschrieben, die den Ton der übrigen (mit der oben erwähnten Ausnahme) vollkommen darstellt. — Wir sind der ferneren Mühe überhoben, selbst eine Kritik des "Erfolges" hinzuzufügen, um so mehr als in den letzten Nummern der "Gegenwart" Heinrich Laube und Lindau selbst über das Stück das Wesentliche eingehend und verständig gesagt haben. Nur eines wollen wir hinzufügen und dies führt uns auf einen schon oben angedeuteten Punkt. Es ist dies die Bezeichnung "Lustspiel", die Lindau seinem "Erfolg" gegeben, und die uns ebensowenig das Wesen dieses dichterischen Werkes auszudrücken scheint, wie der Name "Schauspiel" sich für "Maria und Magdalena" oder "Diana" rechtfertigt.

Die Alten kannten nur Tragödien und Komödien, ein Drittes gab es nicht, und die Satyrspiele, die etwas vom Wesen unseres "Schauspiels" haben, sind doch wohl auch den Tragödien zuzuzählen. Die neue Zeit hat nun, wie sie in All und Jedem nach dem vollen Ausdruck der Individualität strebt, auch die Mischgattungen, die sich unvermeidlich aus Tragödie und Komödie ergeben mußten, durch eigene Namen bezeichnen zu müssen geglaubt; man erfand den Namen des "Schauspiels" und des sogenannten "feinen Lustspiels." Die neuesten Tage gingen immer weiter in der Individualisirung der Namen. Lebens- und Genrebild, Sitten- und Charaktergemälde, Schwank, Blüette und dramatische Kleinigkeit — dieser ganze Wust brachte eine derartige Verwirrung auf dem Gebiete der dramatischen Literatur hervor, daß Niemand sich mehr an die Regeln der Kunst gebunden wähnte. Jeder konnte auf den Vorwurf, daß sein Werk keiner Gattung angehöre, sich schnell einen Namen erfinden, und dann die Erwiederung jenes Holländers sich zu Nutze machen, der da er keinen bestehenden Orden bekam, sich selbst einen prachtvollen Stern anfertigen ließ und auf die Behauptung, daß dies ja kein Orden sei, lächelnd antwortete: „Dat is min Beest."

Wir wollen es nicht ungerügt lassen, daß manche der oben erwähnten Bezeichnungen geradezu aller Vernunft ins Gesicht schlagen: was drücken denn Lebensbild, Charakter- und Sittengemälde anderes aus, als was jedes Drama an sich sein soll, ein Bild des Lebens, eine Schilderung der Sitten, eine Zeichnung von Charakteren?

Was uns bei der allgemeinen Freiheit der dramatischen Taufe am meisten Wunder nimmt, ist, daß bislang noch kein Dichter es gewagt hat, einen in der Kritik und im allgemeinen Sprachgebrauch anerkannten Namen dem Kinde seiner Feder mit auf den Weg zu geben — den des Conversationsstückes. Weit mehr besagt dieses Wort, als alle jene anderen Titel, die wir oben angeführt haben, denn er drückt in Wahrheit das Wesen einer ganzen Gattung von Dramen aus, in denen die prickelnde Conversation die geistsprühende „causerie" übermüthig schäumt, und bei denen es weniger darauf ankommt, warum alle diese schönen und amüsanten Dinge gesagt werden, als darauf, wie sie sich geben. Dies soll keinen Tadel enthalten, auch nicht den leisesten, denn jene Dramen sind eine Unterart für sich, die als solche wohl berechtigt ist, wenn sie nur nicht den Gattungstypus, die Handlung, verlieren. Man sehe sie an, diese blühenden Schößlinge des modernen französischen Theaters, fast gleichen sie jenen alten Schlössern, die ganz umrankt von jungen Schlingpflanzen eben durch diesen Gegensatz so imponirend wirken.

Diese Bezeichnung, die wir eben näher charakterisirt haben, ist endlich die, die wir für Lindau's „Maria und Magdalena" und „Diana" in Anspruch nehmen möchten — es sind Conversationsstücke im besten Sinne des Wortes und wir sind erstaunt, daß der sonst so traditions- und autoritätenfeindliche Dichter nicht kühn genug war, diese Bezeichnung seinen Werken mitzugeben. Wir sind überzeugt, daß er viele Nachahmer finden würde, die diese Bezeichnung als dramatisches Etikett benutzen würden. —

Für den „Erfolg" aber wünschten wir den antikisirenden Namen der „Komödie", denn es liegt in der Art dieses literarischen Lustspiels etwas, das nicht dem modernen Bühnen-Lustspiel eigen ist. Es fehlte ihm die szenische Verwicklung, es fehlen die eigentlich komischen Situationseffekte, ganz in antiker Weise steht die Handlung in einzelnen Momenten absolut still, während in höchst interessanter, weil treffender Weise, über die Mißbräuche in Produktion und Kritik disputirt wird, ähnlich wie bei Aristophanes.

„Der Erfolg" ist bis jetzt Lindau's letztes dichterisches Werk. Während diese Bogen gedruckt werden, erschienen seine „gesammelten Aufsätze" in zwei Bänden, und seine „dramaturgischen Blätter." Beide Werke enthalten im wesentlichen die in den letzten Jahren in der „Gegenwart" erschienenen Aufsätze, Kritiken und Besprechungen, nur formell etwas gefeilt und verändert. Einige Arbeiten scheinen aus anderen Zeitschriften aufgenommen zu sein. —

Wenn wir nun abschließend versuchen wollen, die einzelnen Züge, die uns bei den verschiedenen Lindau'schen Werken als charakteristisch erschienen, jetzt zu einem Bilde zu vereinigen, so scheint uns, um den Mann mit einem Worte zu kennzeichnen, keins geeigneter als „modern". Nicht nur in dem Sinne modern, daß wir behaupten, dieser Geist zeigt die hervorragenden Züge, gute wie schlechte, des modernen Menschen wie typisch in sich vereinigt, sondern auch dadurch „modern", daß es ihm gelungen ist, seine Ansichten über Leben und Kunst, über Poesie und Wirklichkeit, ja sogar seine stilistischen Eigenthümlichkeiten zum Stempel einer, wir können noch nicht sagen Literaturperiode, aber gewiß einer ganzen Schule gemacht zu haben. Man lese die deutschen Feuilletons der letzten Jahre, die besten von ihnen sind fast ganz in dem pikanten lakonischen Stil der „harmlosen Briefe", geschrieben. Die meisten suchen etwas darin, die bei allem wissenschaftlichen Ernst scherzhaft sprühende Art des gefürchteten Kritikers der „Gegenwart" nachzuahmen, wenn auch nur Wenige es erreichen.

Zum Schluß sei es nur vergönnt, den Wunsch hinzuzufügen, daß der Mann, dessen Wirken wir in diesen Blättern — wie wir hoffen sine ira et studio — betrachtet haben, sich nicht möge beirren lassen von dem Geschrei der Thoren, die ihn nicht unpartheiisch beurtheilen können oder wollen, sondern Muße und Gelegenheit finde, auch künftig ohne die aus derartigen Streitigkeiten leicht entstehende Bitterkeit zu zeigen, daß er nicht der ist, als den ihn seine leidenschaftlichen Gegner zu schildern versuchen, sondern der, dessen Erscheinen am literarischen Horizont mit der lebhaftesten Freude begrüßt wurde.

Nachschrift.

Nach vollendetem Druck dieser Blätter kommt uns die Schrift „Berliner Leimruthen und Deutsche Gimpel von Georg Köberle, Leipzig 1875" zu Gesicht. Der Name Lindau's kommt darin häufig vor, allein die giftigen Schmähungen des „verunglückten Reformators der deutschen Schaubühne" enthalten nicht eine einzige sachliche beurtheilende Bemerkung über Lindau, sondern sind rein persönlicher Natur. Da sie überdies in einem Stil geschrieben sind, dem auch nur annähernd ähnlich oder gar gebührend zu antworten, jedem gebildeten Menschen widerstehen muß, begnügen wir uns mit dieser Notiz.

Mitte Januar 1875.

Paul Lindau.

Eine Charakteristik

von

E. O. Konrad.

Zweite Auflage.

Leipzig.

Druck und Verlag von Oswald Mutze.

1875.

Die nachfolgenden Blätter sind durch eine kürzlich anonym erschienene Characteristik „Paul Lindau" (Berlin 1875) in's Leben gerufen. Sie beschränken sich auf den einfachen Nachweis, daß dieselbe durch und durch unreif und aus einanderwidersprechenden Elementen zusammengesetzt ist, auf die Persiflage. Sie wäre unberechtigt, wenn das Buch nur einfach unbedeutend wäre, aber da es eine characteristische Ausgeburt der modernen Lindau'schen Richtung und mehr noch, da es sich als eine objective Beurtheilung mehrfach breist ankündigt, verdiente es die Beachtung, die es um seiner selbst willen nicht gefunden hätte. Ist der nachfolgende Versuch mißlungen, so ist kein Schaden damit angerichtet, gelang er, so ist keine Heldenthat vollbracht.

Berlin, Mitte März 1875.

E. O. K.

NB. Durch ein Versehen der Buchbinderei sind die vorstehenden Zeilen bei einem großen Theile von der ersten Auflage mit dem Titelblatt vergessen worden, eine Versäumniß, die, wenn kein Versehen, mich dem gerechten Vorwurf preisgeben könnte, ein namenloses Werk angegriffen zu haben.

Oft ist es gesagt und noch öfter wiederholt worden, daß man aus dem Munde der Unmündigen die Wahrheit hören solle. Aber mag auf allen Gebieten dieser Satz seine Geltung behaupten, sicher nicht in der literarischen Welt. Wenn hier selbst mit dem „vollen Brustton der Ueberzeugung" und mit dem stetigen Hinweis auf „die ewigen Gesetze der Kunst" und die „Peripetie des Drama's" ganz „sine ira et studio" ein Mann gepriesen wird, dessen Erscheinen am literarischen Horizont vielleicht mit anfänglichem Staunen, sicher nicht mit allgemeiner „Freude begrüßt wurde", so giebt es noch immer solche, die, obgleich sie „in unserer Zeit des Materialismus und der schnellen That" mit dem gegenwärtigen Stande der Literatur wenig zufrieden sind, dennoch in dem scheinbar reformatorischen Auftreten des Judenthums in der Kritik nicht den Beginn einer neuen Blüthezeit, sondern nur das offenkundigste Zeichen des Verfalls sehen. Mag es denn einem solchen vergönnt sein, an der Hand desselben Führers, der in Paul Lindau den modernen Lessing begrüßt, dieselben Zustände und dieselben Ereignisse mit anderen Blicken zu betrachten. Wenn unsere Zeit in der That die der „Peripetien und Katastrophen" ist, wenn die Mehrzahl der Lebenden in „materialistischer Weltanschauung am Tag den Tag" zu leben such ist der Vorwurf der „Empfindungsmattigkeit" und gänzlichen „Abwendung von idealem Streben" so ungerechtfertigt, daß nur ein blödes Auge die tausend und abertausend duftigen Blüthen im Garten der modernen Lyrik übersehen, nur ein abgestumpftes Ohr den Jubel überhören kann, zu dem noch heute sangesfrohe Dichterfürsten all die unzählbaren Menschenherzen hinreißen, die sich ihren Klängen nie verschließen. Darf man sagen, daß unserer Zeit das „liebevolle Verständniß" für die „weichen Töne der Lyrik" fehle, wo die Liederbücher Emanuel Geibels in reißender Aufeinanderfolge Auflage auf Auflage erleben, wo Robert Pruß, Hermann Lingg, der in kurzer Frist zu hohem Ansehen gelangte Robert Hamerling und all die anderen, deren Namen rings im deutschen Volke guten Klang haben, nie vergebens die Hörer für die Töne ihrer Leyer erwartet haben? Mag sich immerhin das Gros des Volkes, der Durchschnittspöbel und die Durchschnittsbildung, von der regen Theilnahme an dem ganzen geistigen Leben der Nation zurückgezogen haben, mögen immerhin die Kourse eifrigere Leser finden, als lyrische Gedichte, man drücke deßhalb nicht einem ganzen Zeitalter den Stempel der Theilnahmlosigkeit für geistiges Leben auf! Selbst wer sich zu dem Horazianischen „Carpe diem" bekennt und die einzig richtige Lebensphilosophie darin sieht, hat deßhalb seiner Theilnahme an dem geistigen Streben und Ringen seiner Zeit kein Halt geboten. Von der Allgemeinheit des Volks behaupten, der Theaterbesuch diene nur, sich sein „träges Zwerchfell" erschüttern zu lassen, heißt entweder böswillig die große Anzahl derer übersehen, denen Aufgabe und Werth des Theaters nicht unverstanden geblieben ist, oder von dem Einzelnen auf die Allgemeinheit schließen. Wer möchte leugnen, daß die sogenannten „Ausstattungstücke", in denen es zumeist auf möglichst weitausgeschnittene Kleider und auf die Dekorationen mehr, als auf die Handlung ankommt, Tausende von Besuchern anlocken, daß die Offenbachiaden mit trivial-frivolem Text und lüsterner Musik ihre Anziehungskraft ausüben, aber es heißt der Wahrheit in's Gesicht schlagen, wenn man als allgemeines

Theateramüsement die Kritik der Schauspielertoiletten ausgiebt, eine Art von Amüsement, zu der sich trotz aller „Peripetie" auch die moderne Welt noch nicht erklärt hat, und die sie der verschwindenden Minderzahl blasirter Salonhelden und Dutzendmenschen nach wie vor überläßt. Es heißt sich auf einen sehr erhabenen Standpunkt stellen und mit diktatorisch=absprechender Unfehlbarkeit seine Urtheile fällen, wenn man sich erkühnt, dergleichen einem denkenden Publikum als einfache, selbstverständliche Thatsache darzubieten, in so geistvoll=witzigem Gewande dies auch geschehen mag, und soviele Fremdwörter man zur Deutlichmachung heranzieht. Wem, der auch nur mit oberflächlichem Blicke das Repertoire deutscher Theater übersieht und den großen Strom neuer Dramen, Lustspiele und anderer poetischer Selbstbefriedigungen verfolgt, wäre es entgangen, daß man neuerdings das französische Sittengemälde, die Schöpfungen Sardous, Feuillets u. A. m. ungebührlich auf die Bretter deutscher Bühnen verpflanzt, aber wer will deshalb das Ehebruchsdrama als Typus der modernen Literatur hinstellen? Wenn auch Mosenthal nach seiner „Isabella Orsini" — von der, man weiß nicht warum? ausdrücklich angemerkt werden muß, daß die ganze Verwickelung auf Horchen beruhe — eine „Madeleine Morel" schuf, so kann man an dem Dichter die völlige Verkennung seines Talents bedauernd hervorheben, aber deshalb noch keine allgemeine Richtung des Zeitgeistes darin sehen, sowenig man als die beiden einzigen Richtungen des modernen Dramas das Sittengemälde und die Birch=Pfeifferiade, der man übrigens Alles Andere mit viel größerem Rechte vorwerfen darf, als den Mangel an Poesie, zu betrachten berechtigt ist, denn in welche dieser beiden Kategorien sollte man dann Wilbrandts Dramen, Lindners Trauerspiele und die unzähligen anderen hoch=bedeutenden, dramatischen Schöpfungen stellen, die gerade die Neu=zeit hervorgebracht hat? Wenn sie über die Bretter gingen und das enthusiasmirte Publikum ihnen zujauchzte, waren es weder „sentimentale Cochannerien", die „auf die Dauer abstoßend wirkten" „noch philiströse, sentimentale Zwittergestalten", sondern es waren

Schöpfungen mit warmem, dramatischen Herzschlag und oft in schwung=
voll=poetischer, völlig der Sentimentalität abholder Sprache geschrieben,
und es waren doch echte Erzeugnisse des modernen Geistes. Nicht
anders auf dem Gebiete der Lustspiels, wo gerade in der Neuzeit
an wahrhaft guten Leistungen über keinen Mangel zu klagen ist,
und wo wir alle Ursache haben uns vor den französischen Mustern
zu hüten, die in ihrer Mehrzahl den deutschen Lustspielen nicht das
Wasser reichen. Roderich Benedix schuf seine herzig=poetischen Gestalten,
die, noch heute, wie seit langen Jahren, immer wieder über alle Bühnen
gehen und immer wieder ihre Zugkraft ausüben mit ihrem frischen,
gesunden und echt deutschen Humor, mit ihren lustigen Situationen.
Da ist freilich kein witzsprühendes Brillantgefunkel, keine Wortspiel=
fechterei, da ist vor allen Dingen keine Pikanterie, aber doch haben
sie ein unvergängliches Leben, weil sie naturwüchsige, weil sie ge=
sunde Schöpfungen sind. Benedix' Lustspiele „veraltet" nennen, heißt
nie die Theaterzettel lesen, denn auf allen Bühnen finden noch heute
die kerngesunden, humorvollen Stücke ihre herzliche Aufnahme. „Die
zärtlichen Verwandten," „Weibererziehung" das treffliche „Lustspiel,"
„Die relegirten Studenten" ꝛc. ꝛc., in deren meisten die hervor=
ragendsten Schauspieler ihre Lieblingsrollen suchen, man darf nur
an Dörings „Gerichtsrath Brömser" an Frau Niemann=Raabes
„Aschenbrödel" und viele andre denken. Unter all' denen, die seit
langen Jahren diesen schlicht=humoristischen Schöpfungen gegenüber
ihr Herz aufgehen fühlten und tapfer bei der verwickelten Komik der
Situationen und den köstlichen Gestalten, die dem wahren Leben
oft meisterhaft abgelauscht sind, lachten, hat es sicher nie einen ge=
geben, der in dem Verfasser des „Lustspiels" einen Nachfolger der
„seligen Iffland und Kotzebue" gesehn hat, die mit Benedix gerade
soviel Verwandtschaft haben, wie mit jedem anderen neueren Lust=
spieldichter. Seine Gestalten sind deutsch und oft volksthümlich ein=
fach, und selten sucht man sie im Salon, aber „hausbacken" darf
man sie mit demselben Rechte nennen, wie Uhlands Gedichte, mit
demselben, mit dem man überhaupt das Einfach=natürliche, das

Schlichtergreifende „hausbacken" nennen darf, aber wer so beißende
Kritik gegenüber dem modernen Theateramüsement und der ganzen
zeitgenössischen Literaturrichtung übt, und von so unfehlbarer Höhe
auf das gemeine Treiben der Menschheit herabsieht, einzig im Hin=
weis auf die „ewigen Gesetze der Kunst" und die „Peripetie des
Dramas," der sollte in seiner verächtlichen Aburtheilung gerade das
Naturwüchsig=Deutsche nicht „hausbacken" nennen, oder man ist ver=
sucht, an seine Entrüstung über die „sentimentalen Cochonnerien"
nicht mehr zu glauben. Und welche Fülle der Lustspieldichter neben
Benedix! Freytag mit seinen „Journalisten," obgleich sie — „das
Warum? wird offenbar, wenn die Todten auferstehen" von „Tagen
sprechen die vergangen sind," — an der Spitze, Hackländer, Ernst
Wichert, von Schweitzer und vor Allem G. v. Moser, der talentvollste
unter den jüngeren, der in der Situationskomik der bedeutendste, im
Dialog häufig geistreich und scharf ist, man denke nur an „Der Elephant"
u. A. m. Solchen Namen und Schöpfungen gegenüber die Nothwendig=
keit predigen, zu französischen Conversationsstücken zurückzugreifen,
heißt den Standpunkt der deutschen Lustspieldichtung verkennen
und seine Aufgabe absichtlich und grundlos verrücken. In der Con=
versation liegt die Hauptstärke des feinen Lustspiels nicht, sondern
neben der Situation im Dialog, und wer heißt uns hier die Fran=
zosen und ihren „Esprit" zum Muster nehmen, wenn auch das Con=
versationsstück ihm die „lohnendsten Erfolge" verspricht? Ist Dia=
log denn Conversation? Und haben wir nicht tausendmal gesehen,
was dabei herauskommt, die französischen „Causeries" nachzuahmen
in unserer Sprache, die einmal von Grund auf dafür ungeeignet
ist? Warum sollen wir den Franzosen nachahmen, was für unser
Lustspiel, unsere Sprache, unsere ganze Denk= und Empfindungs=Weise
nicht im Entferntesten paßt? Wer heißt uns überhaupt nachahmen,
und wann ist je aus Nachahmung ein frischer Lebensgeist hervorge=
gangen? Wir wollen stolz darauf sein, daß unser modernes Lust=
spiel sich immer noch auf deutschem Boden bewegt und aus deutschen
Elementen zusammengesetzt ist, uns vor dem Augenblicke fürchten,

wo wir der nationalen Schöpfungskraft soweit entbehren, um zu anderen Mustern greifen zu müssen, aber sie nicht willkürlich und völlig grundlos dazu machen, so lange wir noch deutsche Lustspiele schaffen und so lange sie noch auf uns wirken. Wir haben bei den kleinen französischen Plaudereien mehr als einmal erlebt, daß sie in der Uebersetzung ihre ursprüngliche Wirkung vollkommen verloren und das deutsche Publikum einfach langweilten, weil, was im Französischen pikant und in der „biegsamen, weichen Sprache" allerliebst prickelnd und witzig klingt, im Deutschen schon schwerfällig und unbeholfen sich ausnahm. Es heißt aber den Teufel durch Beelzebub austreiben, wenn man durch französische Nachahmungen die überwuchernde Herrschaft französischer Stücke auf deutschen Bühnen verdrängen zu können meint. Seit wann gehen denn unsre Lustspiele in Paris über die Bretter, und wer veranlaßt uns, unser Heil immer von außen zu suchen, wo die reichsten Keime im Innern liegen und ihre Frucht tragen? Das ist das innere Franzosenthum in einem seiner halb unbewußten Auswüchse, das immer wieder von der nationalen Schöpferkraft abseits auf die großartigen Leistungen der „Nachbarn jenseits der Vogesen" mit staunendem Finger hinweist. Seit wann aber „der witzelnde Dialog" die „Sprache des Feuilletons" geworden, wird selbst der einsichtsvollste Beobachter schwer einsehen können, so wenig wie man ernstlich der Meinung sein kann, ein Feuilleton mache den Verfasser „bei weitem beliebter und berühmter," als „ein ernstes Drama." Freilich dominirt heutzutage die geistvolle Feuilletonisterei, und freilich haben wir diese pikante Ausgeburt der modernen Literatur von den Franzosen überkommen, aber soll uns das ein Beweis für die Nothwendigkeit, das französische Conversationsstück nachzuahmen, sein? Eben seit auch die Kritik begonnen hat, sich ihrer ernsten Aufgabe in der ungezwungensten Art und Weise zu entledigen, und seitdem es genügt, ein paar Wortspiele zu machen und geistreich-witzige oder sarkastisch-beißende Bemerkungen, um eine Kritik zu schreiben, seitdem hat das Judenthum in der Kritik seinen verderblichen Einfluß zu äußern

begonnen, seitdem dominirt der Diktator Paul Lindau, und seine
Untergebenen lauschen ehrfurchtsvoll seinen unfehlbaren Worten.
Es klingt wunderbar, wenn man halb ironisch, halb mit dem Ver=
suche geistreich zu sein, die Art und Weise unserer heutigen Kritiker
zu persifliren sich bemüht, den „Charakter der heutigen Literaturbe=
wegung" in dem Worte „pikant" zusammenfaßt und dann Paul
Lindau einen Vertreter und den hauptsächlichsten Repräsentanten
dieser Epoche nennt, denselben, der nachher sine ira et studio mit
dem „vollen Brusttone der Ueberzeugung" als der geistvollste Feuille=
tonist, der hervorragendste Kritiker und sehr bedeutender Dramatiker
gepriesen wird. Wie es sich zusammenreimt, denselben Paul Lindau,
jenen „elenden Skribenten," die von den „ewigen Gesetzen der Kunst"
nichts verstehen, offenkundig beizugesellen und ihn im folgenden
gerade im Widerspruch zu dieser verwerflichen Richtung hinzustellen,
kann man sich wohl nur aus der Peripetie in unserer Literatur und
auch aus dieser nur mit Mühe erklären, ebenso wie den Grund,
aus dem Paul Lindau ein „Tragiker" genannt wird. Aus welchem
Standpunkte er bisher auch betrachtet wurde, tragisch ist er wohl
noch Niemandem erschienen. Wer ihn aber den „Fürsten der Kritik"
genannt hat — officiell ist der Ausdruck nie gewesen — der hat es
sicher nicht tragisch gemeint, denn sogern selbst seine Feinde die
witzig=geistvolle, oft scharf pointirte Schreibweise Lindau's anerkennen,
seine „hervorragende Gründlichkeit und Tiefe des Wissens", sein
„Ernst, Gediegenheit der Kenntnisse und historischer Sinn" sind
mehr Eigenschaften, als seine begeistertsten Anhänger bisher an
ihm priesen, mehr als der einsichtsvolle Gefeierte sich selbst zuschreiben
wird. Sofern das Wesen der Arroganz aber darin besteht, seine
Individualität immer ganz in den Vordergrund zu drängen und
von vornherein von Allem Anderen völlig zu abstrahiren, so sucht
man vergeblich nach dem Grunde, weshalb Paul Lindaus „ungemein
bewunderungswürdige Fähigkeit" dies Alles in der geschicktesten
Weise zu thun, „in höchst ungerechtfertigter Weise" als Arroganz
ausgelegt wird. Daß es ihm an ihr ebensowenig, wie an Witz und

oft treffender Satyre fehlt, wird Keiner leugnen, der auch den „feinen, Alles durchbringenden Realismus im besten Sinne des Worts" für einen vollständig unverständlichen und unverstandenen Begriff erklärt. Ob aber gerade diese Eigenschaften und sie allein Paul Lindau zu einer „Macht auf dem Gebiete der literarischen Kritik" haben heranwachsen lassen, dürfte so streitig sein, wie die Anerkennung seiner „Autorität" überhaupt, denn daß wirklich die Rezensionen der „Gegenwart" ein „mit Spannung erwartetes Ereigniß" geworden seien, sollte ein „objektiver" Beurtheiler nicht als „unleugbar" hinstellen. Ein Kritiker, der von einem Werke wie dem neuesten von Gustav Freytag nicht viel Andres zu sagen weiß, als daß er die seltsamen Wendungen aufzählt und in Ziffern nachrechnet, wie oft die einzelnen Ausdrücke und Worte auf einer Seite gebracht werden, kann in der wahrhaft gebildeten literarischen Welt nicht das Ansehn genießen, daß man erst auf sein Urtheil warten sollte, ehe man überhaupt wagt, ein eignes zu fällen. Liegt die wesentlichste Aufgabe der Kritik in der Förderung der Literatur, so fragt man wohl mit Recht, worin fördert eine derartige Kritik, die sich mit Rechnenaufgaben abquält? Es hieße dem deutschen Publicum, soweit es am geistigen Leben seiner Zeit theilnimmt, ein eigenthümliches Zeugniß ausstellen, wollte man thatsächlich behaupten, Lindaus „Beliebtheit" sei „bis vor wenigen Wochen unerschüttert" gewesen. Lindau zählt heute noch so viel Anhänger, als er und die durch ihn vertretene Richtung von Anfang an gezählt haben, es wäre traurig, wenn der endlich öffentliche Mißerfolg seines neuesten „Lustspiels" sie von ihm hätte abfallen lassen, aber er zählte seit dem ersten Beginn seines Auftretens so viele Gegner, als er sicher noch heute zählen wird, sie sind es nicht auf das bloße Mißgeschick hin geworden. Denn sie denken sich den „Brustton der Ueberzeugung" ganz anders klingen, als in den „Kritiken" Paul Lindaus.

Wenn von Paul Lindau's äußerem Leben bis heute wenig bekannt geworden ist, so dürfte der Hauptgrund einfach darin zu suchen sein, daß er durchaus nicht zu der immerhin beschränkten Anzahl derjenigen Männer gehört, deren Persönlichkeit dem deutschen Lesepublicum ebenso interessant ist, wie ihre Werke. Wenn wir danach verlangen, von den Lebensschicksalen der ersten deutschen Schriftsteller etwas zu erfahren, die uns durch ihre Schriften lange lieb geworden, so daß wir sie wie Freunde betrachten, über deren Erlebnisse wir uns gern erzählen lassen, — so Friedrich Spielhagen, Gustav Freytag, Paul Heyse u. A. m. — so liegt noch lange keine Mißachtung darin, wenn es uns ziemlich kalt läßt, ob ein witziger Feuilletonist mehrere Jahre lang in Frankreich lebte oder nicht, ein Umstand, den wir überdies recht häufig von ihm selbst erfahren. Man müßte sehr wenig zu thun haben und viel weniger als „in uns'rer Zeit der schnellen That" der Fall ist, wenn die Lebensschicksale jedes Kritikers schon interessiren sollten. Unsere „Zeit des Materialismus" weiß kaum Bescheid mit dem Nothdürftigsten aus dem Leben bedeutender Männer, man müßte sehr „geneigt" werden, das für „Theilnahmslosigkeit" zu halten, wenn man erführe, wie wenig das größere Publicum aus dem Leben von Männern, wie Freiligrath, Auerbach, Gottschall u. A. m. — um nur wenige herauszugreifen, — weiß, aber von diesem Publicum verlangen, daß es jedes jungen Schriftstellers „Privatleben" kennen und sich dafür interessiren solle, hieße ihm eigenthümliche Zumuthungen stellen. Neuerdings ist es ja Mode geworden, seine Selbstportraits herauszugeben, interessante Kindheitserlebnisse, die sonst keinem anderen gewöhnlichen Sterblichen passiren, Studienjahre mit etwaigen „Peripetien," Schöpfung bedeutender Werke u. s. f. Vielleicht, daß auch Paul Lindau, „dessen Erscheinen am literarischen Horizont mit lebhafter Freude" begrüßt wurde, ganz „sine ira et studio" sich selbst und sein Schaffen der staunenden Welt abkonterfeit, wenn er dies nicht in seinen „Lustspielen" genugsam gethan zu haben glaubt oder Ursache hat, es an dem Gesagten genug sein zu lassen. Wenn das „literarische und dichterische Leben" eines Mannes „interessant," ist und „klar und offen vor allen Zeitgenossen von Anfang an da lag", so ist dies von jeher gerade der Grund gewesen, weshalb man von der zweifellos interessanten Persönlichkeit dieses Mannes auch etwas erfahren wollte. Wo man danach nicht lüstern ist, pflegt die erste Grundbedingung eben zu fehlen, sofern sie nicht durch bloße Neugier ersetzt wird. Im Grunde wußte man von Paul Lindau bereits zur Zeit, als er seine „harmlosen Briefe" für Dohms und Rodenbergs „Salon" schrieb, gerade genug und soviel, wie heute. Die Mehrzahl, deren „hauptsächlichste geistige Nahrung" nicht „in der Lectüre belletristischer Blätter besteht" wußten, mit wem sie es zu thun hatten, und waren auf „diesen verkappten Kleinstädter" wenig neugierig, wenn man auch oft herzlich über seinen Blödsinn und seine derben Persiflagen lachen konnte, denn der junge Feuilletonist bewies schon damals, worauf er hinaus wollte, und hatte mit den „harmlosen Briefen" schon so ziemlich Alles ausgesprochen, was er überhaupt zu sagen hatte. Anfangs blendet und überrascht es wohl, wenn man über Alles seine ätzende Spottlauge ausgießt, es amüsirt sogar köstlich, wenn es witzig geschieht, aber mit der Zeit verliert es seine Wirkung vollständig und macht nur einen abstoßenden Eindruck. Der „Salon" konnte mit seinem Mitarbeiter anfangs zufrieden sein, denn die „harmlosen Briefe" erregten eben Aufsehn, wie alles Neue, was scheinbar dem Ausspruch des weisen Ben Akiba zuwider „noch nicht dagewesen ist." Von einer wirklichen „Wichtigkeit" der Leistungen oder einem „Interesse" wie an „Bismarcks geflügelten Worten" war natürlich nicht die Rede, denn die Satiren waren an und für sich von keiner Bedeutung und nur Kinder des Augenblicks, für den sie geschaffen waren und nicht fein genug, um Bewunderung, nur um Lachen zu erregen. Zumeist die „dialogischen Feuilletons" „über Ada Christen", deren völlige Bedeutungslosigkeit nicht erst durch Lindau festgestellt werden mußte. Es ist überhaupt eine Eigenthümlichkeit des Judenthums in der Kritik, daß es gerade die allerunscheinbarsten und verkrüppeltsten Pflanzen der modernsten Literatur hervorsucht und

an ihnen eine wohlfeile Sati
ohne die Existenz dieser ein
Büchern Geschmack zu finde
thätigen Verborgenheit verho
mit allen erdenklichen Witze
eben so wenig ein Kunststüd
füllt. Die Briefkastennotize
Blatt" werden auf den u
muskelerschütternd gewirkt
als Ausflüsse einer witzigen (
konnte man gerne über sie
mal sie der bedeutenden M
beruhten, waren sie ein Zeu
Aufgabe betrachtete. Schr
Augenblicke dabei verlebt —
folger, treulich fortsetzt —
wie in den „fliegenden Bl
Witze und Gelegenheitswo
Art zu lesen, nicht aber d
Fragen oder Beurtheilung
Außer nicht „ohne politisch
schienen im „neuen Blatt"
ewig „geistreichelnde" Sprad
weise, unverkennbar ist. A
bedeutenderem Maße zeige
in ihrem Auftreten höchst
die wunderbare „Fähigkeit"
zuziehen" und immer etwa
bieten. In diesen beiden
„Gegenwart" völlig unerrei
wenn der „noch lange nicht
arbeitern „Brachvogel, Frei
an der ebenso unbedeutende

Männer wie Bodenstedt und E. v. Hartmann mit, ohne daß Lindau's mehrfach wiederholter und nicht einmal origineller Witz: „Der und der Artikel ist in der „Literatur" verborgen", widerlegt werden könnte. Schon in jener Zeit stand dem Herausgeber des „neuen Blattes" der „feinsinnige" Oskar Blumenthal zur Seite, der seine „Feinsinnigkeit" besonders in seinem Betragen gegen Rudolf Gottschall, durch seine im edelsten Styl gehaltenen Pamphlete gegen Friedrich Haase und manche andre Ereignisse glänzend offenbarte. Er ist der getreue Nachfolger Lindaus, weniger witzig und in der französischen Literatur gebildet, aber in Wortspielen bedeutender, in seinem Vorgehn energischer, in seiner Satire derber, also zum modernen Kritiker wie geboren. Die Art und Weise wie er seine „Deutsche Dichterhalle" redigirte, ließ die Begeisterung für das Lindau'sche Vorbild, der Ton seiner sogenannten „Kritiken" und seines „Briefkastens", den „Kalauerfabrikanten", zu dem ihn ein bedeutender Dichter, über den sich Blumenthal freilich hocherhaben dünkt, mit Recht gestempelt hat, erkennen. Oskar Blumenthal ist vollkommen der geeignete Mann dazu, um Carrière zu machen, Lindaus Arroganz ist bei ihm übertroffen, weil sie noch weit weniger berechtigt ist; er besitzt auch die Fähigkeit bedeutende Mitarbeiter „heranzuziehen", er ist groß im Wortspiel, streut in den „fliegenden Blättern" und im „neuen Blatt" die Körner seines Geistes aus, die ebenso mit Interesse besprochen werden, wie „Bismarcks geflügelte Worte", genug, er ist ganz der Mann, Lindau Concurrenz zu machen und einer der eifrigsten aber auch der derbsten Vertreter des Judenthums in der Kritik. So lange er Lindaus Verehrer ist und eine Concurrenz zwischen ihnen ausgeschlossen bleibt, indem Lindau vornehmlich im Drama, Blumenthal in der Lyrik die Diktatur ausübt, werden sie einander tüchtig in die Hände arbeiten.

Wenn man von Blumenthal und seiner „Dichterhalle" spricht, muß man unwillkürlich auch an den „liebenswürdig=humoristischen" Ernst Eckstein denken, Blumenthals Nachfolger in der Redaktion und früher sein bei Weitem eifrigster Mitarbeiter. Eckstein gehört nicht zu dem vaterlandslosen Stamm, wie seine beiden Genossen, ist aber vollständig, soweit er Feuilletonist, zu ihrer Richtung gehörig und characterisirt das Wesen dieses modernen Kritikerthums auf das Evidenteste. Seiner in manchen Dingen sogar noch Blumenthal übertreffenden Arroganz und seinem stets apodiktisch-absprechenden Urtheil trat kürzlich Freiligrath in der „Gegenwart" ebenso fein wie taktvoll entgegen und wies dem Alles am Besten Wissenden, über Longfellow, wie einen dummen Schuljungen, urtheilenden, verbesserungsstrebenden Uebersetzer englischer Gedichte nach, daß er trotz aller erhabenen Urtheile über „literarischen Pöbel" u. dergl. alle Ursache habe, grobe Schnitzer, wie sie kein Primaner mehr zu machen pflegt, zu vermeiden, ehe er auf Grund derselben bedeutenden Männern eine „blödsinnige" Gleichnißverdrehung zuschiebe. Auch Eckstein ist von den Vorzügen der Nachbarn „jenseits der Vogesen" völlig überzeugt. Auch er findet sein Hauptvergnügen darin, an den hervorragendsten Kunstwerken herumzumäkeln, glaubt eine Heldenthat vollbracht zu haben, wenn er an Goethe'schen Gedichten Mängel entdeckt und bemüht sich in aller erdenklichen Weise „das Erhab'ne in den Staub zu ziehn." Eckstein hat seine Lorbeeren auf dem Felde der Novellistik und hier und da auch auf dem der Lyrik gepflückt, er schadet sich nur durch übergroße Produktivität und damit verbundene Flüchtigkeit und Halbheit, sein Talent ist ein sehr achtungswerthes, so lange er aber unter dem Einfluß der Lindau'schen Richtung steht und in „pikanten" Feuilletonartikeln seine Hauptaufgabe sieht, wird er es nicht voll entfalten können.

Im engsten Zusammenhange mit den „harmlosen Briefen" stehen Lindau's „Literarische Rücksichtslosigkeiten", sicher das für Lindau und seine ganze Stellung characteristischste Buch. Wenn man von dem ersten Theile desselben absieht, in dem manche schätzenswerthe Arbeit, wie die über den Leipziger Theaterskandal, neben völlig Bedeutungslosem, wie die Beschreibung der Gothaer Hoftheatervorstellung sich findet, gilt es den polemischen Theil zu betrachten. Das Vorgehen Lindau's in demselben ist an und für sich vollkommen zu billigen; es existiren keine Gründe, die auch den unbekanntesten Schriftsteller abhalten könnten, gegen eine gefeierte Autorität zu Felde zu ziehn, sobald dessen Werke einen Anlaß dazu bieten. Was gelten hier persönliche Rücksichten, wo es sich um Feststellung von Thatsachen, um eine Bereicherung der Literatur handelt. Aber die Art und Weise, wie Lindau gegen bedeutendere Männer, als er selbst es ist, aufgetreten, beweist wenig von dem Takt und der Feinheit des französisch gebildeten Schriftstellers. Eine ruhige, objective, leidenschaftslose Beurtheilung, eine sichere Richtigstellung der aufgefundenen, falschen Thatsachen hätten dem jungen Schriftsteller die anerkennende Achtung jedes Literaturfreundes, ja, des Betroffenen selbst verschafft und hätten zur Erreichung des angestrebten Zwecks vollständig genügt. Aber da wären keine witzigen Bemerkungen, keine versteckten Seitenhiebe, keine bissigen Satiren anzubringen gewesen, und es hätte sich für Lindau der Mühe nicht gelohnt. Er muß das Gefäß seines Zornes entleeren, Stoß auf Stoß austheilen, um zu zeigen, daß er der gebildete Franzose ist. Gutzkow hat zweifellos in seinem „Urbild des Tartüffe" einen groben Verstoß gegen die „literarische Wahrhaftigkeit" sich zu Schulden kommen lassen; es gebührt dem Kritiker, der ihm das nachwies, alle Achtung; aber weshalb muß darum Gutzkow in seiner ganzen literarischen Stellung angefochten, sein Ansehen in der literarischen Welt bespöttelt und geistreich persiflirt werden? Es hat noch nie Jemand den Anspruch erhoben, so hervorragende Schriftsteller wie Karl Gutzkow seien unfehlbar und könnten sich nicht auch wie andere Sterbliche irren, der einfache Nachweis dieses Irrthums war also eine verdienstvolle Leistung, wozu aber die gehässige Art und Weise, in der es geschah, wenn nicht, um die Brillanten seines Geistes leuchten zu lassen? Gutzkow steht nicht einmal in dem Ansehn, das er als einer der weitaus bedeutendsten Repräsentanten der letzten Jahrzehnte verdient, es war keine Heldenthat, ihn eines Verstoßes wegen, und wenn er der gröbsten Art war, mit Koth zu bewerfen. „Ungemeines Aufsehn" mochte dieser „Feldzug" wohl erregen aber nicht wegen des „aus jeder Zeile leuchtenden sittlich-ernsten Wahrheitstriebes", sondern wegen der unfeinen, selbstbewußten Art des Auftretens und des Angriffs, die, wenn dem Verfasser auch „Molière zur Herzenssache" geworden ist, in feinerer Art die größere Wirkung, wenn auch nur bei wahrhaft Gebildeten und nicht kleinlich Schadenfrohen, erzielt hätte. Außer den „Proben moderner Uebersetzungskunst", in denen Bodenstedt und Dingelstedt ihr Maß zugemessen erhalten, wieder in einer höchst unzarten Weise, enthält das Buch den charakteristischen „offenen Brief an den Literarhistoriker Herrn Dr. Julian Schmidt," der an und für sich ebenfalls gerechtfertigt durch seine zu derbe Satire anstößt, indem zumeist wieder der „gefeierte Mann" herhalten muß, den Lindau nun einmal nicht vertragen kann. Julian Schmidt hat sich in ganz ähnlicher Weise wie Lindau in die Literatur eingeführt. Er trat gewappnet mit dem höchsten Grade von Anmaßung auf und errang sich die Bewunderung Aller, welche ihre Freude darin finden, hervorragende Werke und Schriftsteller bemängelt und bemäkelt zu sehen. Mit dem diktatorischen Herrscherstab der Kritik in Händen, sprach er seine geistreichen Negationen gegen Alles aus, was die Literatur bis dahin hervorgebracht. Unter das Jahr 1832 wurde der große literarhistorische Gedankenstrich gezogen, und was dahinter lag, wurde immer mit dem Maßstabe der Kunst gemessen unerbittlich eins nach dem andern abgeschlachtet, der Boden sollte gereinigt werden für eine neue Literaturanpflanzung. Anfangs pries man auch in Julian Schmidt den Messias einer neuen Blütheperiode der Literatur, dann wurde man von seiner andauernd negativen Thätigkeit abgestoßen, dachte an die Wahrheit der Worts:

„Der Geist, der stets verneint, ist noch erträglich,
Doch stets verneinen ohne Geist — wie kläglich!"

kam den verschiedentlichsten Ungründlichkeiten und offenbaren Schnitzern auf die Spur, und das Phänomen Julian Schmidt verblaßte, aber seine Stellung in der Literatur war ein für allemal begründet, bis ihn Paul Lindau durch ein bei Weitem schärferes und witzigeres Vorgehn ablöste und übertraf. Alle „vernichtenden Jovisblitze", mit denen Paul Lindau den einst ebenso, wie sein Angreifer selbst, gefürchteten Kritiker niederzuschmettern suchte, waren vollkommen gerechtfertigt, nur weil sie weniger den Mann selbst, als die ganze durch ihn vertretene und angebahnte Richtung trafen, trafen sie keinen mehr, als den Angreifer selbst, der sich in vielen Stellen Wort für Wort in einer geradezu ebenso überraschenden als schlagenden Weise unbewußt characterisirt. Vorzüglich treffend waren die Bemerkungen von der „feuilletonisirenden Wissenschaftlichkeit", von dem „geistreichelnden Halsumdrehn," von der „liebenswürdigen Frivolität im Talentabschneiden" u. s. w. u. s. w., „jeder dieser Hiebe saß," aber jeder war mit einer solchen Sicherheit geschlagen, daß man wohl sah, der Schläger wußte, wo er treffen konnte und man ihm zu pariren nicht im Stande war, aus eigenster Erfahrung. Hieb für Hieb hätte der bereits von der Mehrheit einsichtsvoller Literaturkenner in seiner Oberflächlichkeit durchschaute und selbst von seinen Anhängern fallen gelassene Kritiker seinem Gegner zurückgeben können, er hätte ihn auch getroffen und ohne Widerstandsfähigkeit. Lindau ist gründlicher, als sein Gegner, in der französischen Literatur weit mehr bewandert, steht aber in der Fähigkeit mit ein paar Wortspielen und satirischen Randglossen einen Schriftsteller und sein Werk abzuthun, ihm völlig gleich. Der Versuch ein Stück zu persifliren, das man nur zur Hälfte angesehen und dessen Inhalt man aus anderen Kritiken erfahren, wie ihn Lindau z. B. bei Gensichens neuestem Drama unternahm, ist eben ein „geistreichelndes Halsumdrehn" und um nichts weiter geschrieben, als um ein paar „gute Witze" anzubringen. Und diese sind eben auch nur „Colophonium für Den, der etwas genauer hinsieht."

Lindaus erstes Debüt auf der Bühne war mit dem Drama „Marion", zu dessen Aufführung sich das Berliner Residenz-Theater, das sonst seinen Bedarf an Cancanstücken und „Ehebruchsdramen" — eine Specialität dieser Bühne — direct von Paris bezieht, verstanden hatte. Lindau war damals bereits als Redacteur der „Gegenwart", zu der er viele bedeutende Schriftsteller „heranzog", als feuilletonisirender Kritiker und Verfechter der französirenden Richtung bekannt, und Niemand wunderte sich, von ihm ein französisches „Sittengemälde" aufführen zu sehn, das man bei Mosenthal höchst indignirt aufgenommen hätte, bei dem „gefürchteten" Lindau jedoch selbstverständlich fand. Die Opposition blieb dennoch natürlich nicht aus, ja, der Verfasser selbst hat es einsichtsvoll genug mit Recht später „scharf kritisirt und bedauert, es geschrieben zu haben." Objectiven Beurtheilern Lindaus blieb das freilich „unklar" und sie versuchten, trotzdem der sonst so anspruchsvolle und voll von seinem eigenen Werth überzeugte Verfasser es fallen ließ, das Stück als „ein Drama im eminenten Sinne" mit „reichgegliederter Handlung", die „folgerecht aus den Characteren und Anlagen der Personen entspringt", mit „scharfer Characteristik der Figuren", „mit geschickt geschürztem und nicht minder geistvoll gelöstem Knoten", der „durch die tragische Natur der Heldin sich knüpft", mit „einer glänzenden Diction" ganz „sine ira et studio" hinzustellen. Wenn Mosenthals „Madeleine Morel" ein „schwacher Abklatsch französischer Vorbilder" ist, geschrieben „um durch einen zeitgemäßen Stoff seiner Muse einen festeren Wohnsitz auf der Bühne zu sichern", so zeigt sich vielmehr in Lindau nur „der Sohn der Zeit", der „gerade einen solchen Stoff zum Vorwurf seines Trauerspiels macht." Freilich ist er dafür auch Paul Lindau. Es giebt auch einen „platonischen Ehebruch", „den Ehebruch in Gedanken" und „dieser ist hier bereits Thatsache vor der Verheirathung mit dem Gatten." Wenn auch der physische Ehebruch nicht vollzogen ist, wenn auch vorher der Liebhaber den Gatten erschießt, — wir haben hier eine „„ernste Tragödie"" (?), der das sechste Gebot unverkennbar auf die Stirn gedrückt ist." (?) Die „Negation jedes Gefühls für den Gatten" bringt Marion „den schlimmsten Feind, die Langeweile." Sie hat keine Kinder „um den Fluch der blasirten Gleichgültigkeit aus ihrem Innern zu verbannen" und „so siecht sie dahin an dem neuesten aller Uebel, an der Krankheit des neunzehnten Jahrhunderts." Daß in dem Bewußtsein Marions, von ihrem Gatten betrogen zu werden, und in der „Erregtheit ihrer ganzen Natur", die sie vergessen läßt, „was sie vor dem Altar geschworen", eine „wahrhaft tragische Peripetie" liegt, „springt jedem Unbefangenen" natürlich „in die Augen", zumeist aber allen denen, welche über die „Peripetie des Dramas" gemäß den „ewigen Gesetzen der Kunst" nicht mehr im Zweifel geblieben sind. Auch die „sprunghafte Handlung" wird Niemand objectiv zu tadeln wagen, wenn auch im „ersten Akt das Mädchen", „im zweiten die Gattin," „im dritten die Maitresse", „im vierten die Bettlerin" auftreten, denn die „Camelienbame des dritten Actes" z. B. ist „die sich selbst betäubende Frau, der ewig der in Blut schwimmende Leichnam des ihretwegen getödteten Gatten die Phantasie erfüllt." Auch dürfen „die um Gotteswillen anständigen Leute in der Kritik" nicht den „Vorwurf der Verworfenheit" erheben, denn „das ewige Gesetz der Kunst, das einem Shakespeare einen Richard und Jago, das Schiller seinen Franz,„„gestattete""", hat eben nichts von seiner „„Ewigkeit"" eingebüßt." Wie vollständig sich die Charactere Marions und Franzens, der Dame aus der demi-monde und König Richards III. decken, bedarf wohl keiner Auseinandersetzung, es „springt jedem Unbefangenen in die Augen", „Verworfenheit" ist ja der Grundzug des Characters von Jago und Marion, die „ewigen Gesetze der Kunst" büßen nichts von ihrer Ewigkeit ein, wenn sie Lindau seine „Marion" „gestatten." Wenn aber diese Gestalten „bis in's Ungeheuerliche unsittlich" erscheinen — o unsittlicher Jago! — und man sie deßhalb nicht „nach menschlichem Maße beurtheilen" darf, so ist auch „Marions Wesen" „über das Gewöhnliche" hinaus. Sie büßt „fürchterlich die kurze Zeit ihrer Raserei", in die sie „ihre teuflische Natur" trieb. Aber wenn man fragt „wer diesen Figuren lebendiges Interesse" entgegenbringen soll, so ist man „zu antworten der Mühe überhoben", denn dem Frager werden „die furchtbaren Mächte, die im Menschenherzen wohnen und die nur die Poesie erschließen kann, in ewigen Zeiten ein Buch mit sieben Siegeln bleiben", gerade so, wie dem objectiven Beurtheiler „Marions" Wesen und Aufgabe des Dramas.

Wenn dieses über alle Kritik eigentlich erhabene, obgleich vom

eignen Verfassen bedauerte „geistreiche Werk" noch der „Vollendung"
seiner „Vorzüge" bedarf, so besteht diese in „einer trefflichen
Characteristik der modernen Gesellschaft." Man muß freilich sehr
genau in alle französischen Verhältnisse eingeweiht, mit den Typen
der modernen pariser Gesellschaft sehr genau vertraut sein, oder
selbst seine Erfahrungen in dieser Beziehung gemacht haben, um
ganz objectiv über die Lebenswahrheit der auftretenden Personen,
besonders der Schößlinge der gemeinen Gesellschaft, der „„„abligen'""
Spielhöllen so apobiktische Urtheile zu fällen, denn andrenfalls würde
der „aus jeder Zeile leuchtende sittlich = ernste Wahrheitstrieb" des
Verfassers erheblich Schiffbruch leiden.

Da aber am Drama ein für allemal das Wesentlichste „die
Peripetie" ist, — für die man höchstens einmal beiläufig „Umschwung"
sagen darf, wenn der Ausdruck auf derselben Seite gar zu oft vor=
kommt, was gegen die „ewigen Gesetze der Kunst" wäre, — so ist
das „im Wesen des Trauerspiels begründete Gesetz" der Theilung
in eine „ungerade Zahl der Acte" schon „uralt", denn der zwischen
dem „ersten und letzten Theile des Stücks befindliche Akt" muß ja
eben „das Grundprincip der Tragödie" die „Peripetie" „ver=
anschaulichen." Mit der Wichtigkeit einer eben entdeckten Neuig=
keit wird darauf für ein „mustergiltiges Trauerspiel" „das Bild
einer auf= und absteigenden Pyramide" gefordert, ein Satz, der
jedem Secundaner vertraut zu sein pflegt, an Shakespeares Dramen
hundertmal nachgewiesen ist und wenn auch „mit pikant sein sol=
lenden Saucen aufgetischt," doch zu den „mit einigen Fremdwörtern
gespickten Redensarten über das Drama," die „zum Ekel abgenutzt
sind" gehört, was aber der objectiven Beurtheilung Marions keinen
Eintrag thut. Auch muß mit sehr ernster Miene auseinandergesetzt
werden, daß der die „Peripetie enthaltende Akt" darum so „noth=
wendig" ist, weil „wir den Umschwung der Gesinnung des Helden mit
allen Folgen vor unsern Augen sich vollziehen sehen wollen." Anderen=
falls würde bei vier Akten „das die Peripetie unmittelbar herbei=
führende Ereigniß" in den zweiten oder dritten Akt fallen müssen —

nicht etwa in den ersten oder vierten — und dann ist „das Gesetz der Gleichmäßigkeit verletzt," welche „Verletzung" gemäß dieser ebenso überraschend neuen als prägnant ausgedrückten Regel der „Marion" „zum Vorwurf zu machen ist." —

„Für das Lustspiel und „„Schauspiel"" kann man „diese Theilung in vier Akte eher gelten lassen," denn hier wird gegen kein Gesetz verstoßen, „andere sind die Regeln der Tragödie, andere die des Lustspiels" — und Schauspiels. Zwar findet sich natürlich, „wenn man will" das „Hauptprinzip jener, die Peripetie," auch hier vor, „allein in einem wesentlich verschiedenen Sinne," denn „der Umschwung im Lustspiel ist zugleich der Schluß desselben." Die Schlußfolgerung daraus ist überraschend: „hier gilt es also gleich, ob eine gerade oder ungerade Zahl von Akten auf diesen Umschwung oder Schluß vorbereitet."

Dieses unerwartete Resultat führt uns natürlicherweise zu der „Untersuchung der ferneren Dramen Lindaus," vorher aber noch zu „wenigen Worten über die „dramatische Kleinigkeit" — die natürlich nicht dazu rechnet — „In diplomatischer Sendung." Die „Verwicklung" ist „eigenthümlich pikant" und wird selbstverständlich „in glücklicher Weise gelöst." Manche „Effecte" sind zwar „in etwas possenhafter Manier durchgeführt," aber dieses „Lustspiel" — das vor der „Untersuchung der ferneren Dramen Lindaus" besprochen werden muß — hat natürlich eine Sprache „die geistvoll und fein nüancirt" ist und den „„unbewußten"" Nachahmer jener französischen, reizvollen Art" zeigt, die „Lindaus prosaische Aufsätze auszeichnen." (?)

Als im Winter 1872 „Maria und Magdalena" auf vielen deutschen Bühnen aufgeführt wurde, erkannte man die seit Langem an dem Verfasser beobachteten Vorzüge eines zuweilen scharf pointirten Dialogs und sicherer Bühnengewandtniß zwar bereitwillig an, prophezeite aber dem für den Augenblick packenden Drama eine kurze Zukunft, weil es den Anforderungen der „ewigen Gesetze der Kunst" nicht entsprach. „Nörgelnd und neidisch" dem „Dichter seinen Erfolg herabzusetzen bemüht," war vielleicht ein kleines Häuflein der von ihm seinerzeit arg mitgenommenen Schriftsteller, die ihre Stunde gekommen zu sehen glaubten, die Kritik im Allgemeinen sprach dem Werke seine achtungswerthen Eigenschaften nicht ab, hob aber seine bedeutenden Mängel scharf hervor, freilich in einer Art und Weise, die der von Lindau beliebten, wegen ihrer Ruhe und Unbeirrtheit, um Vieles nachgab. Es hieße auch über die Kritik im Allgemeinen ein sehr objektives Urtheil fällen, wollte man „nur zu deutlich aus jeder Zeile ihrer Besprechung herausmerken", wie wenig „dies glänzende Gestirn zu der düstern Atmosphäre ihrer Scheelsucht paßte", dafür als einfache Thatsache hinstellen, daß die „allgemeine Anerkennung und die freudige, enthousiastische Aufnahme des Lustspiels von Seiten des Publikums diese Gelüste noch im Zaum hielt", um so mehr, als man die „beißenden Anspielungen auf das Industrieritterthum in der Kritik und der literarischen Wegelagerei" auf keinen besser beziehen konnte, als auf den, der mit derartigen Kunststückchen am Besten Bescheid wußte, eben auf Paul Lindau, den „literarischen Wegelagerer" par excellénce.

Man staunte über „viel Unerhörtes" in dem Schauspiel, das durch „die Keckheit des Griffs", „mit der die geheimsten Schäden und Schwächen des „„modernen"" Herzens auf die Bühne gebracht waren", auf eine „ungemeine Lebens- und Welt-Erfahrung schließen" ließ. Die große Wahrscheinlichkeit der Handlung, das ebenso gebildete wie taktvolle Benehmen des Haupthelden ließen diese „ungemeine Lebens- und Welt-Erfahrung" gar nicht verkennen, sie „sprang jedem Unbefangenen in die Augen." Wenn freilich den „sogenannten „„gebildeten"" Ständen" nur ein „Spiegelbild vorgehalten werden" soll, so ist es nicht zu verwundern, wenn sich die Mehrzahl der handelnden Personen nur höchstens sogenannt „gebildet" beträgt und sehr spaßhaft klingt die Behauptung, daß man „ja selbst direkt oder indirekt" zu des „Künstlers Bekannten" gehöre. Noch nie hatte vorher Jemand „gewagt", „ordensfüchtige

Kommerzienräthe, die nach achtjähriger Trennung im Moment des
Wiedersehns der ungerecht verstoßenen Tochter nichts Andres zu
sagen wissen, als ob sie keine Veränderung an ihnen bemerke, und
„jene unweiblichen Mädchennaturen", die ihren „Verstoß gegen
guten Ton und ehrenhafte Sitten nur zu schlau zu bemänteln verstehn"
zu schildern, obgleich man sie objektiver Beurtheilung zufolge „im
Leben wie auf der Bühne verspottet und verächtlich gemacht"
hatte, denn noch Keiner hatte vorher „gewagt", sie in einer „so
tragischen Komik an den Pranger zu stellen", sie mit „einem so
naturwahren, herb-satirischen Realismus" zu schildern, das konnte
eben nur der Mann mit „dem feinen, Alles durchdringenden
Realismus im besten Sinne des Wortes." Außer dem „edlen,
milden Seelenfeuer" und der „stolzen, vornehmen Ruhe", die aus
„einer Maria Verrina" strahlt, duften die köstlichsten Blüthen des
Humors, der „lebenslustigen Laune" neben „all dem sittlichen
Ernst, der strengen, poetischen Gerechtigkeit." Eine „wie köstliche
Blüthe des Humors" duftet uns entgegen, wenn Professor Laurentius
seinem „fürstlichen Freund" die „neckische Frage" auf jene An=
kündigung seiner Verlobung „entgegenwirft", „gegen wen?" „Man
sage nicht", das streife „an den Kalauer", denn dafür ist diese und
mit ihm manche andere „köstliche Blüthe des Humors" zu un=
bedeutend, wenn auch jetzt „namentlich in Berlin bei Weitem nicht
so „„gute Witze"" gemacht werden." Wie sich der Stoßseufzer über
das „Begrabensein" der „Fähigkeit, wahrhaft gute Witze zu
erfinden", das mit „den trüben Jahren der Reaction" stattgefunden
hat, und die mit dem vollen Brustton der Ueberzeugung proclamirte
Neuzeit als die Zeit der Witze, Satiren und Wortspiele zusammen=
reimen, mag derselbe erklären, der die „Wortspielereien" als das
wesentlichste Merkmal der modernen Kritik, den von „den Nachbarn
jenseits der Vogesen" abgelauschten Haupteffekt des Feuilletons hin=
stellt und doch über „die Dürre, die Monotonie" derselben, über
„die Seltenheit der wirklichen, feinen Satire" „staunt" und sich
über die „pikant sein sollenden Saucen" ärgert, in denen „die

abgedroschensten Scherze aufgetischt werden." Früher (siehe Anmerkungen) gab es Alles voll von den „beißendsten Bemerkungen, voll der feinsten Persiflage", wodurch doch gerade die „moderne" Literatur und ihr glänzendster Vertreter, Paul Lindau, ausgezeichnet sein sollen, „Wortspiele, die fadeste Art des Witzes, finden sich höchst selten." Ja, man thut Recht, darüber zu „staunen!" Der „Dichter" hat sich auch in „Maria und Magdalena" nicht „gescheut, die verrottesten Schäden, die häßlichsten Auswüchse unserer Zeit aufzudecken" aber — „sie dienen nur als Folie dem Besseren", so besonders die „Revolverliteraten", die schon auf der Schulbank anfangen „für Journale zu arbeiten", um „nach vollbrachter Tertia jedes Redactionsbureau zu belagern", Paul Lindau, er, der friedliche Literat par excellence, der über dieser Gesellschaft „elender Scribenten" so hocherhaben ist, er hat sie „gekennzeichnet in ihrer Hohlheit und Nichtswürdigkeit", er hat „sie gebrandmarkt mit dem Male der Verächtlichkeit." Diese erhabene That kann in „Maria und Magdalena" nur dem Dr. Gels von Gelzinnen gelten, der aber, wie ich denke, schon vorher Mädchenpensionatslehrer war, also doch wohl über die Tertia hinausgekommen sein muß, andere „Revolverliteraten", die Lindau „mit dem Male der Verächtlichkeit brandmarkte", treten in dem Schauspiel nicht auf, aber ihren „unauslöschlichen Haß" hat er sich natürlich doch zugezogen. —

Die „Fabel" in „Maria und Magdalena" ist „pikant und kühn", wobei man um „Pikanterie" zu entdecken, schon die hie und da hervorschimmernde Frivolität dazu rechnen müßte und die „Kühnheit" in der Zumuthung der Glaubwürdigkeit der Handlung oder in dem impertinenten Betragen des Haupthelden zu suchen ist. Die erstere sieht man dem Bewunderer des französischen Lustspiels gern nach, die letztere überrascht nicht, denn „Professor Laurentius" ist — sogar objektiv betrachtet — „ganz Lindau selbst." Das „nicht unbeträchtliche Maß von Naivetät," das von uns gefordert wird, um an die Voraussetzung vieler „Unwahrscheinlichkeiten" zu glauben, ist auch in Hinsicht der Wahrscheinlichkeit der Charaktere und somit des ganzen Stücks „nicht unbeträchtlich." „Aeußerst künstlerisch berechnet" ist „die Bühnenwirkung mancher Scenen des Lustspiels" schon, nur schade, daß über dem Streben nach Bühneneffekten die Behandlung der Charactere zu stiefmütterlich und die Glaubwürdigkeit der Handlung zu gering ausgefallen ist. Die „Skizzirung" der „modernen Gesellschaft in scharfen Conturen" ist nur insoweit „nicht ohne treffende Anspielungen auf die anwesenden Personen", als von der „modernen Gesellschaft" kein Wort und den „anwesenden Personen" eine mehr oder minder „treffende" Unverschämtheit ins Gesicht gesagt wird. Der hier von Lindau so unverblümt ausgesprochene Gedanke tritt uns in dieser „äußerst künstlerisch berechneten" Scene nicht zum ersten Male entgegen, der äußerst originelle und geistvolle Gedanke, auf dessen Vaterschaft Lindau sich viel zu Gute weiß, daß bei den von „deutschen Biedermännern" so oft geschmähten „frivolen" Franzosen es im Grunde genommen nicht viel schlimmer aussehe, als bei uns, tritt uns schon in den „Literarischen Rücksichtslosigkeiten" sehr deutlich in die Augen. Dieser Gedanke in seinen verschiedenartigsten Variationen ist ein Lieblingsgedanke Lindau's, einer von den wenigen, um die sich im Grunde sein reformatorisches Auftreten in der Kritik dreht. Die Vorzüge der armen, verkannten Franzosen gegenüber der anmaßenden, deutschen Biedermannhaftigkeit, die sich in „moralische Baumwolle" — eins der witzigen, hierhergehörigen Schlagwörter — wickelt und mit ästhetischem Abscheu auf die Zustände des modernen Babel herabsieht, ebenso geistreich wie fein-satirisch hervorzuheben, ist eine Haupt-Aufgabe Lindau's, der er sich in seinen „Kritiken" und „Lustspielen" zu entledigen sucht, und von der die Leser seiner „Gegenwart" hie und da immer wieder als von etwas ganz Neuem zu hören bekommen. Dieser Gedanke ist so mit dem innersten Wesen des modernen Judenthums in der Kritik verwachsen, daß auch Ernst Eckstein sich nicht enthalten kann, dies originelle Thema gegenüber der staunenden Mitwelt anzuregen und in seinen „Un=

patriotischen Zugeständnissen eines Patrioten" eine Variante des Lindau'schen Hauptthemas bis zum Vorzug der Franzosen betreffs des Omnibus und der Victualien hinunter giebt. Lindau's Gerechtigkeitsgefühl verträgt es nun einmal nicht, daß man über die Frivolität der Franzosen, über die verrotteten Zustände ihrer Gesellschaft mit deutschem, moralischen Dünkel herzieht, nachdem er das Thema erschöpfend, besonders in seinem „Offenen Brief an Julian Schmidt" und sonst allerwegen behandelt hatte, muß auch Professor Laurentius, der Maler, sich zum Vertheidiger der geschmähten Franzosen aufwerfen und in einer „gebildeten" Gesellschaft — d. h. nur „sogenannt gebildet" — einem nach dem andern eine Grobheit an den Kopf schleudern, die mit dem Refrain, „so etwas kommt bei uns nicht vor", zwar „von geradezu packender Wirkung" ist, aber neben dem Mangel an Originalität auch den „ewigen Gesetzen" des Anstands widerspricht. Wenn auch die „Scene, einigermaßen gut gespielt, zündet", so zündet sie eben nicht anders, wie jede andre Sottise, und nicht erst „eine nachhinkende Reflexion bringt den Zweifel an der Möglichkeit derselben im Leben mit sich." Auch die Scene zwischen dem mehr arroganten als „humoristischen Thiermaler" und dem vollkommen verzeichneten „um jeden Preis aristokratischen Commerzienrath" ist weniger „ein Produkt sprudelnder Laune" und „voll des farbenreichsten Witzes" als ein Beweis für die „ungemeine Lebens- und Welt-Erfahrung" des Verfassers und dafür, daß Professor Laurentius „ganz Lindau selbst" ist.

Nach dem getheilten Erfolge dieses Lustspiels, das die Befähigung Lindau's für das Lustspiel sehr zweifelhaft machte, war man erstaunt, schon so bald wieder ein neues „Drama" von ihm auf der Bühne zu sehn, klassisch gebildete objective Beurtheiler fragten sich, ob „das Publicum dieser „Diana" ebenso bezaubernd gegenüberstehn" werde, „wie einst Aktäon der göttlichen Jägerin?" Aber siehe da, die Aktäons waren zwar bereit, sich bezaubern zu laſſen, aber das „göttliche" war in dieſer „Diana" durch das „Moderne" erſetzt, denn „modern" ſoll ja gleichbedeutend mit „pikant" ſein und „pikant" war ja auch Lindau's „Maria und Magdalena". Selbſt die objectiven Beurtheiler konnten dies Stück nicht den „ewigen Geſetzen der Kunſt" entſprechend finden, die „Peripetie" fehlte vor allen Dingen, ja, im Grunde genommen fehlte eben Alles, was dieſem „Drama" die Berechtigung hätte geben können „Drama" zu heißen. „Unzählige, fröhliche Geſichter" „verkündeten" nicht „ſchadenfroh", daß nun „das neue Licht, das allzuhell zu leuchten begonnen hatte, für immer als erloſchen betrachtet" werden müſſe, denn man hatte noch keine Urſache gehabt von dem „neuen Licht" „bezaubert" zu ſein, ſondern man conſtatirte den bedeutenden Rückſchritt des Verfaſſers der „Maria und Magdalena", man ſtaunte über die vollkommene Verkennung ſeiner Fähigkeiten, die ihn zum „modernen" Feuilletoniſten, nicht aber zum deutſchen Luſtſpieldichter ſtempeln, man wunderte ſich, wie demſelben Kritiker, der an jedem andren dramatiſchen Erzeugniß mit „wahrhaft divinatoriſcher Beobachtungsgabe für jeden ſchwachen Punkt", jeden kleinſten Fehler erbarmungslos zu rügen verſtand, die Selbſtkritik und die „divinatoriſche Beobachtungsgabe" für die unzähligen „ſchwachen Punkte" ſeines Dramas gänzlich abzugehen ſchienen, oder wie er gegen die letzteren wiſſentlich blind war. Derſelbe Mann, der an den hervorragendſten Erzeugniſſen kaum ein gutes Haar gelaſſen, der es geſchickt verſtanden hatte mit dem dauernden Hinweis auf dieſe und jene Anforderungen des Dramas einen Schriftſteller nach dem andern abzuthun, wagte es eine „Diana" über die Bretter des Berliner Hoftheaters gehn zu laſſen, ein „Drama", das, von einem andern verfaßt, dem Kritiker zweifellos Anlaß zu den beißendſten Satiren, zu den witzigſten „Winterlichen Plaudereien" gegeben hätte.

Nicht nur ſind die ſämmtlichen Fehler des „vorhergehenden Werkes" hier in noch ſtärkerem Maße vertreten, die „Fabel" weniger wahrſcheinlich, die Charactere in der Mehrzahl verzeichnet und karikirt, auch nicht eine Scene mit „packenden Situationen", auch nicht ein interessanter „Vorgang auf der Bühne", kurz, objectiv betrachtet „Diana ist, wie jene ewig keusche Göttin, kalt und läßt kalt". Worin der „Hauptfehler des Stückes liegt", ist so schwer zu entscheiden, wie die Frage, worin bei diesem Stücke kein Fehler liege. Gräfin Esther ist „leider die Hauptperson des Stückes", leider sind die übrigen Personen die Nebenpersonen, denn das Stück wäre vielleicht mit ganz andern Personen eine ganz schätzenswerthe Leistung. Aber „bei der Anlage des Stücks" mußten die sämmtlichen Charactere „unklar" bleiben, so daß eben nur außerdem eine ganz andre „Anlage" ihm hätte nützen können. Andre Personen, andre „Anlage", aber auch andre Sprache, die ebenso wie Esther von Kurt von Dahlen eine „schmähliche Behandlung" erfahren hat. Ob die „Fülle von Unklarheiten, ja, von Unmöglichkeiten", die selbst eine objective Betrachtung anerkennt, „aus dem einen erwähnten Cardinalfehler", der Unklarheit des Characters von Gräfin Esther „resultirt", ist mehr als zweifelhaft, denn der Gründe sind so viele, als der Fehler, und das „Drama" ist aus unmöglichen Figuren und unmöglicher Handlung künstlich aufgebaut, so daß nicht nur ein „Erfolg auf der Bühne undenkbar" ist, sondern ein Erfolg auch bei der Lectüre vollkommen unmöglich. Daß „trotz der Schwäche" auch dies Drama „Züge eines bedeutenden Talents" zeigt, ist selbstverständlich, nur daß diese Züge sehr schwer aus ihrer Verborgenheit zu entdecken sind, und die „lebenswahren Gestalten" und „treffend gezeichneten Charactere" derselben „ungemeiner Lebens- und Welt-Erfahrung" entspringen, durch welche „Maria und Magdalena" „allgemeine Anerkennung und freudige, enthousiastische Anerkennung" fand. Diese Vorzüge aber alle „können dem Werk den Fluch nicht nehmen" und zwar den Fluch der allerherzlichsten Langeweile. —

Daß Lindau trotz dieses „Mißerfolgs" mit frischen Kräften an die Arbeit eines „neuen Lustspiels" ging, konnte keinen überraschen, und das Erscheinen des Lustspiels in vier Acten, „Ein Erfolg" auf der Bühne setzte um so weniger in Erstaunen, als bereits im Sommer durch die Zeitungen die Nachricht gelaufen war, Paul Lindau habe sich nach Schandau begeben, um ein neues „Lustspiel" zu verfassen, und man dann dies Kind des „modernen" Dichters von Act zu Act entstehen sah, es aus den Windeln heraus verfolgte bis zu seiner großartigen Mündigkeitserklärung in New-York, worauf der Ruf dieses Phänomens von einem Welttheil zum andren drang. Lindau hat seine Urheberschaft und jede Theilnahme an den durch die Reclame „bis zum Ekel" aufgetrommelten Nachrichten über sein Stück auf das Entschiedenste in Abrede gestellt, und man wird ihm also glauben, die Thatsache bleibt bestehn, und daß sie wesentlich dazu beigetragen habe, die Achtung vor den Mitteln, durch die man heutzutage berühmt wird, zu vermehren, wird Keiner behaupten wollen. Lindau's „Erfolg" ist von der Kritik fast einstimmig verworfen worden, das Schicksal, das es auf der Berliner Hofbühne erlitt, war ein vollkommenes Ausgezischtwerden. Die Stimmen des für und wider haben sich indeß allmälig verlaufen, Lindau selbst — und das ist einer von den unklugen Schritten, die man an dem sonst so gewitzigten Schriftsteller nicht begreifen kann — ist dafür in die Schranken getreten, zugleich mit manchen bissigen Ausfällen auf die Berliner Kritik und mit der tröstlichen Versicherung, sobald die Reihe an ihn komme, das Werk der Wiedervergeltung an seinen Kritikern üben zu wollen, was man ihm gern glauben wird, was aber den Werth seiner Kritiken in ganz eigenthümlichem Lichte zeigt. Heinrich Laube hat seine Stimme in der „Gegenwart" vernehmen lassen, das Stück hat Beifall gefunden, und die objective Betrachtung meint, „niemals" sei „einem Dichter oder einem Schriftsteller sowohl von Seiten des Publicums als durch die Kritik so ungerecht mitgespielt" worden. Lindau selbst hat bewiesen, daß er an eine Unparteilichkeit der Kritik von vornherein nicht glaubt, er hat gezeigt, daß er es nicht vertragen kann, wenn man ihm seine Werke recensirt und doch nicht halb so unglimpflich damit verfährt, wie er mit weit bedeutenderen

Productionen. Lindau hat sich ebenso unklug wie unfein bei Gelegenheit seines neuen Lustspiels benommen, und wenn daraus eine objective Beobachtung die „Erschütterung" seiner „Autorität" herleiten wollte, würde sie weniger am Ziel vorbeischießen. Daran, daß sein Stück wirklich des Auszischens werth sei, dachte Paul Lindau von Anfang an nicht, es kam ihm nur darauf an, zu untersuchen, welche elenden Beweggründe sich dafür auffinden ließen. Daß sein „Erfolg" in der That ein völlig mißlungenes Werk war, schien ihm von vornherein so undenkbar, daß er auf die Möglichkeit gar nicht einging, sondern nur die Motive für eine derartige Ansicht weitläufig auseinandersetzte und hervorsuchte.

Wenn ein von ihm mißhandelter Schriftsteller, an dessen Lustspiel er Alles getadelt, ähnlich gehandelt hätte, Lindau würde seinem Sarkasmus und seinem Witz vollen Spielraum deshalb gönnen, da er selbst eher in der gesammten Berliner Kritik „Revolverliteraten" sieht, als seine Eitelkeit ein wenig herabzudämpfen, findet man das natürlich. Wie ging es dem armen „Bühnenreformator" Georg Köberle, wie arg zerzauste ihn Lindau, wie erbarmungslos suchte er ihn lächerlich zu machen, als der Gute eher an die Intriguen der halben Welt gegen sich glaubte, als daß er annahm, mit Fug und Recht aus seinem Directionsposten entlassen zu sein! Und was hat der unglückliche Gemißhandelte anders gethan, als derselbe Paul Lindau, der ihm so übel mitspielte, jetzt thut? Er glaubte eher an die Schlechtigkeit des ganzen Menschengeschlechts, als daß er seine thörichte Eitelkeit einsah und mit Würde das Unvermeidliche trug. Wo aber ist der Paul Lindau für den, der jetzt vor unsern Augen das gleiche Manöver macht, in fast noch abstoßenderer Weise, als die war, die den Bühnenreformator der Lächerlichkeit preisgeben sollte? Das sogenannte Lustspiel „Ein Erfolg" ist nichts, als eine der vielen Lindau'schen Impertinenzen. Er hat damit den Racheact an denjenigen Kritikern zu vollziehen gesucht, die seine „Dramen" durchaus nicht für Meisterstücke ansehn wollten, sondern mit Freuden die günstige Gelegenheit ergriffen dem „literarischen Wegelagerer endlich etwas am Zeuge zu flicken." Das ließ den „Dichter" der „Diana" nicht schlummern. Hätte er seine Rache im Reiche des Feuilletons vollzogen mit der üblichen „Pikanterie", ein welch reiches Feld für alle bissigen Ausfälle, Apotheosen und geistvollen „modernen" Ideen hätte er gehabt! Aber das wäre ihm wahrscheinlich zu offen und jedenfalls nicht „pikant" genug gewesen, er stellte die Sache klüger an, beschloß seine Gegner mit einem Schlage zu vernichten, indem er ihnen ihr Spiegelbild auf den Brettern, die die Welt bedeuten, zeigte und vergaß nun leider über diesen persönlichen Motiven, daß, um ein „Lustspiel" zu schreiben, mehr erforderlich ist, als Persiflage und Karikatur einiger übelwollender Berliner Kritiker, und so erreichte er denn seine Absicht, wenn auch kaum in der von ihm ursprünglich gewollten Art, aber ein Lustspiel brachte er nicht zu Stande. Daß jeder Kritiker des „Erfolgs" sicher meint, so wie sein Urtheil „müsse" das „unbefangene Urtheil in dieser Angelegenheit" lauten, ist selbstverständlich, auch die objective Beurtheilung glaubt es und will „einer Ehrenpflicht genügen", wenn es den „mit diesem Tendenzstück zusammenhängenden Sachverhalt" darlegt, d. h. die sämmtlichen Berliner Kritiker höchst objektiv für parteiische „Revolverliteraten" und Lindaus „Lustspiel" für ein unanfechtbares Meisterstück erklärt. Daß in Folge der geradezu Ekel erregenden Reclametrompetenstöße eine „spannungsvolle Aufgeregtheit und gewaltig kritische Stimmung" im Publicum herrschte, ist so natürlich, daß man sich nur als objectiver Beobachter darüber entsetzen kann, denn auch abgesehen von der jedesmaligen Spannung bei dem neuen Stück eines bekannteren Dichters war man hier doppelt gespannt, welche Leistung der Alles so scharf rügende, mit Allem unzufriedene Dichter denn selbst hervorzubringen im Stande sei. Kann man dem Publicum verargen, daß es von Paul Lindau, dem Richter über die dramatischen Erzeugnisse der Neuzeit, mehr erwartete, als von andren, die nie mit größeren Ansprüchen, als harmlosen, einfach-komischen Stücken aufgetreten waren, und daß es doppelt enttäuscht und doppelt empört war, daß dieser selbe Paul

Lindau ihm unter der Etikette eines „Lustspiels" nichts bot, als eine zum Theil ziemlich verunglückte und jedenfalls zu offene Satire gegen seine Feinde? Lindau sieht das offenkundigste Zeichen, wie intriguant man gegen ihn zu Werke gegangen, darin, daß man „Au!" geschrien habe, wenn im Stücke eine „lustige Wendung" kam. Dieser Weheruf ist dem Berliner nun einmal beim Anhören eines sogenannten „Witzes", der ihm aber noch unter dem „Kalauer" steht, eigen, wenn also Hermine Drossen den Journalisten Fritz Marlow — vielleicht auch „ganz Lindau selbst" — fragt, ob er die Gefühle einer Mutter kenne und dieser antwortet: „Noch nicht," so hält der objective Beurtheiler dies sicherlich für „neckisch" und einen „feinen Witz", Lindau für eine „lustige Wendung", der Berliner aber denkt, daß die „Kalauer" bei Kroll im Vergleich zu derartigen „feine Witze" seien und ruft sein energisches „Au!" dagegen. Das ist die Intrigue gegen Lindaus „Lustspiel." Die darin vorkommenden „Witze" sind in der That den ältesten Jahrgängen der Witzblätter entlehnt und man kann sich nicht deuten, wie der sonst oft so witzfunkelnde Lindau so durch und durch Mattes hervorbringen konnte, wenn man es sich nicht aus der Flüchtigkeit der Arbeit erklärt, der das Stück an und für sich Nebensache war und nur die Satire gegen die Kritiker am Herzen lag. Der erste Act ist völlig nichtssagend und selbst ohne den von Lindau so oft gewünschten „effectvollen Abschluß", der zweite hat einige komische Situationen und erweckte durch das unübertreffliche, liebenswürdige Spiel der Frau Niemann-Raabe das Interesse, durch das allein „der Erfolg" sich in Berlin mehrere Wochen auf dem Repertoire halten konnte. Der britte Act war zum „Zünden" bestimmt, die Haupt-„Jovis-Blitze" werden hier gegen Kritik und Publicum geschleudert, die „Literarischen Rücksichtslosigkeiten" werden gepriesen, — höchst objectiv — das für und wider des ganzen Stücks wird von vornherein erwogen, die Zischer lächerlich gemacht, die sichere Zuversicht ausgesprochen, daß das Stück „am andern Tage" und „vor einem unbefangenen Publicum" gefallen werde, einige Theaterbesucher ergehen sich in genauen Discussionen darüber, der Witz „Ein Erfolg hatte keinen Erfolg" wird den Berliner Zeitungen abgeschnitten, Reporter finden sich ein, die natürlich gar keine eigene Meinung haben, sondern nur das Gehörte auffangen und niederschreiben. — „Mein Gott", fragt man sich, „ist denn das ein Lindau'scher Artikel, um von vornherein das Publicum zu kirren und die Mißgunst lächerlich zu machen"? Gott bewahre, das ist das neue „Lustspiel", in dem Geheime Ministerialräthe über die gemeinen Intriguen von Baronen gegen den Journalisten Fritz Marlow eifern, geheime Ministerialräthinnen Vergleiche mit Konrad Bolz ziehn und dem erstaunten Publicum das Schicksal des Lindau'schen Lustspiels im Spiegelbilde des Marlow'schen „Erfolgs" vorhergezeigt und somit inhibirt werden soll. Wenn an dem „Lustspiel" eine Spur von Kunst zu entdecken ist, hier ist sie und ist sie fein und gewitzigt, hier aber zugleich der Beweis, daß das ganze „Lustspiel" nur eine Lindau'sche Impertinenz ist. Nun klatscht man rasend hinter der Scene, Fritz Marlow's „Erfolg" wird doch noch trotz aller Intriguen und Machinationen, trotz aller Siegesgewißheit der vielen Feinde der „Literarischen Rücksichtslosigkeiten" beklatscht und — der Lindau'sche „Erfolg" sollte auch beklatscht werden, und wurde es trotz manches übelwollenden Zischens am Ende auch noch. Der vierte Act ist ein völlig unnöthiger Anhängsel, um den regulären Theaterabend auszufüllen, er erwies sich nicht nur „für dieses Publicum" sondern überhaupt für nichtssagend, und „man ging mißmuthig aus dem Theater." „Woran lags?" fragten sich nicht auch die, „die von Lindau niemals kritisirt worden waren" erst, denn die Antwort lag auf der Hand. „Ein Erfolg" ist kein Lustspiel, es ist weder Handlung in dem Stück, noch ein Interesse erweckender Character, nichts als Satire und die Rache des beleidigten „Dichters" der „Diana." Wer es eine „literarische Komödie" heißt, muß nur zugleich die Erklärung dieser neuen Kunstgattung beifügen, ein einfaches „Tendenzstück" das ja seine volle Berechtigung, so gut wie die satirische Komödie auf der Bühne hat, war es auch noch nicht. Der Grund für den Mißerfolg des Lindau'schen Lustspiels darin suchen, daß nur „die Gourmands der Literatur, die noch etwas von der Art des vorigen Jahrhunderts in sich haben, da ein neues Schauspiel ein Ereigniß und eine Kritik eine Wichtigkeit war, an derartigen Tendenzstücken" Geschmack finden, hieße die Bühnenfähigkeit derselben leugnen. Hätte Lindau es verstanden, in ein an sich spannendes Lustspiel mit interessanten, lebenswahren Characteren und witzigem Dialog geschickt seine Satire einzuflechten, die Betroffenen ballten heimlich die Faust gegen ihn, hätten aber nicht die gerechte Ursache, seinen Mißerfolg zu konstatiren und zu motiviren. Daß die nicht unbeträchtliche Anzahl dieser an dem Mißlingen des Lindau'schen Vorhabens bedeutenden Antheil hatten, ist unleugbar, daß viele Kritiken ihrem persönlichen Ingrimm gegen den Verfasser des „Erfolgs" Luft machten und mit einer Art Schadenfreude die Zischlaute begrüßten, die das Stück desselben Mannes, der sie so oft schnöde mißhandelt, zu Grabe trugen, ist unbestritten, weil es menschlich ist. Allerdings ist es „Aufgabe der ruhigen, würdigen Kritik", „Strich für Strich die Zeichnung des Künstlers zu verfolgen", aber seine Gegner hatten von Paul Lindau gelernt, wie man „moderne" Kritiken schreibt, und wie man über den einzelnen komischen Nebensachen geschickt die Hauptsache gänzlich zu verschweigen verstehn muß, und sie machten's ihm nach. Noch kürzlich hat der „gefürchtete Kritiker" in seiner Rezension eines Lustspiels von Paul Wislicenus das beste Recept für eine derartige Kritik gegeben, warum fühlt er sich nun verletzt, wenn man ihm doch nur nachahmt? Wer anders als Paul Lindau hat zuerst und zumeist „über alles und jedes" mit „derselben und selbstgenügsamen, vornehmthuerischen" und absprechenden Art mit „der mehr oder weniger inhaltlosen Krittelei" seine Urtheile gefällt und dem „literarischen Wegelagererthum" Thür und Thor geöffnet? Er that es in geistreicherer Weise, seine Gegner thun es ihm in der gröberen nach. Aber es heißt die Kritik schamloser Parteilichkeit bezichtigen, wenn man von der Allgemeinheit sagt, sie habe nichts anderes beabsichtigt, als ihrem persönlichen Groll Luft zu machen, und von der ebenso verständigen wie leidenschaftslosen Kritik Karl Frenzels behauptet sie, als die einzig werthvolle, sei „nicht ohne persönliche Gereiztheit" geschrieben. Was heißt dann zuletzt objektive Kritik schreiben? Die Art, wie Lindau es treibt, oder wie sein objektiver Beurtheiler? Lindaus „Erfolg" ist — der Verfasser selbst hat den passenden Ausdruck einmal angewandt — eine „poetische Selbstbefriedigung," nicht mehr. Der Held des Stückes ist weder geistreich, wie es Professor Laurentius doch hin und wieder war, noch witzig, er ist einfach frivol. Seine Art, wie er die Herzen junger Damen gewinnt und die Unverfrorenheit, mit der er sein althergebrachtes Recept auch bei dem Mädchen anwendet, das er liebt, mag denen spaßhaft erscheinen, die in der Lecocq'schen Oper „Girofle-Girofla" den Inhalt auch „nur spaßhaft" finden, auf die Mehrzahl der Zuschauer wird sie doch immer abstoßend wirken. Und dieser Journalist ist der Held des Lustspiels, für den man sich erwärmen, für den man gegenüber seinen intriguirenden Gegnern Partei ergreifen soll! Die andren Figuren sind eigentlich sämmtlich überflüssig, besonders der Ministerialrath und seine Gattin, die nichts zu thun haben, als ihre Belesenheit in der modernsten Literatur zu zeigen, und die selbst durch das Spiel eines Berndal und einer Louise Erhartt — zu solchen Rollen verwendet man die ersten Künstler. — nichts wurden, als Schattenbilder. Wenn das alte Fräulein Drossen nicht die allerbekanntesten Citate falsch citirte, und wenn sie überhaupt nur etwas andres thäte, als das, könnte sie vielleicht von Wirkung sein, aber die nicht endende Wiedererholung dieses immerhin „wohlfeilen Effekts" bricht dem Scherz die Spitze ab und wirkt einfach gar nicht mehr, selbst das meisterliche, bis in die kleinsten Details feinnüancirte Spiel der unvergleichlichen Frieb-Blumauer ließ die „alte Schraube" doch nur albern aber nicht komisch erscheinen. Lindau weiß den Fehler, den er hier begeht, an Andren trefflich zu rügen, so neuerdings in Meißners neuem Roman, aber wenn er ihn selbst begeht, ist der Fehler kein Fehler, wer ihn so nennt, ist parteilich, persönlich gereizt, intriguirt 2c. Was Baron Fabro eigentlich in

dem Stücke bedeuten soll, ist am Schwersten zu erklären, Herr
Kahle gab ihn gerade so langweilig, wie er Allen erschien, die sich
über seine Existenzberechtigung vergebens den Kopf zerbrachen.
Die Episode, daß ein „Revolverliterat" oder sonst eine „dunkle Exi=
stenz" Geld oder ein Patent erpressen will, damit gewisse unange=
nehme „pikante Details" betheiligter Personen verschwiegen bleiben,
ist im Grunde von Lindau auch schon zu oft benutzt, um hier noch
von Wirkung zu sein, zumal die ganze Angelegenheit mit dem Inhalt
des Stücks in keiner Beziehung steht. Ebenso ist der Gedanke, den
Lindau nun einmal beharrlich einer Anzahl Kritiker aufbürden will,
man brauche keine neuen Lustspiele und habe an den alten genug,
z. B. an den und den, wobei denn sehr witzig die unbekanntesten
und ältesten genannt werden, „abgedroschen" und in den „Winter=
lichen Plaudereien" der „Gegenwart" und sonst in den „Kritiken"
genugsam zu finden. Aber das ist auch einer von den bewegenden
Gedanken der Lindau'schen Richtung, den man wie den über die
„frivolen" Franzosen und die deutsche „moralische Baumwolle"
nicht oft genug hören kann. Neben den episodischen Figuren des
Doktor Klaus und seiner Frau — der erstere ist zweifellos die
gelungenste Figur des ganzen Stücks — ist die Helbin „Eva"
völlig verzeichnet. Nach der recht geschickten, wirksamen Scene mit
Baron Fabro ist ihr späteres Auftreten gegen Fritz Marlow, der
— man weiß nur nicht, wodurch? — alle Herzen zu bezaubern
scheint, ebenso unnatürlich als unweiblich, und der Anfangs wirk=
lich liebenswürdig gehaltene Charakter verliert sein Interesse und
fällt zusammen. Die Sprache des „Lustspiels" ist gegen die der
„Maria und Magdalena" matt und farblos, man ist erstaunt, so
den witzsprühenden Kritiker und Feuilletonisten sprechen zu hören.
Lindau hätte Besseres leisten können. In Berlin nennt man die
Art Witze, die der „Erfolg" gebracht hat, nicht mehr „Kalauer", son=
dern „Lindauer", der Berliner Volkswitz hat sie gerichtet. Ob
man den „Erfolg" nun „Lustspiel" oder „Komödie" nennen muß, er
ist doch keins von beiden; hätte er einen andren Verfasser als „den

deutschen Jules Janin, den Fürsten der Kritik", Paul Lindau würde sich die Gelegenheit nicht entgehen lassen, ihn in seiner „Gegenwart" zu rupfen, wenn es aber Andre versuchen, so sind das die „persönlich gereizten" Intriguanten, denn welchen irgend erdenklichen Grund könnten sie sonst haben, als den, sich an Lindau zu rächen, wenn sie den „Erfolg" ein völlig mißlungenes Machwerk nennen? —

Die „neue Zeit" hat — dies diene zur Begründung der durchaus nothwendigen Bezeichnung „Komöbie für den „Erfolg" und „Conversationsstück" für Lindaus andre „Dramen" — „nach dem vollen Ausdruck der Individualität gestrebt" und die Namen des „Schauspiels" und des sogenannten „feinen Lustspiels" „erfunden" und neben diesen noch „einen Wust" in der „Individualisirung der Namen" hervorgebracht. Diese neue Entdeckung erklärt zugleich, daß sich „Niemand mehr an die Regeln der Kunst gebunden wähnte" und „läßt es nicht ungerügt", daß manche Bezeichnungen, wie „Schwank", „Bluette" ic. „geradezu aller Vernunft in's Gesicht schlagen." Nie aber nannte ein Autor „das Kind seiner Feder" „Conversationsstück", obgleich „dieses Wort" „in Wahrheit das Wesen einer ganzen Gattung von Dramen ausdrückt, in denen die prickelnde Conversation, die geistsprühende „Causerie" übermüthig schäumt und bei denen es weniger darauf ankommt, warum alle diese schönen und amüsanten Dinge gesagt werden, als darauf, wie sie sich geben." Keiner darf nach dieser geistvollen Exposition im Zweifel sein, daß Lindau's „Dramen" „Conversationsstücke" sind, denn warum in ihnen Alles gesagt wird, was gesagt wird, weiß kein Mensch, aber wie es gesagt wird, das ist sehr — „modern." Daß diese Art „Dramen" als eine „Unterart für sich" „wohlberechtigt" sind, dürfte mehr als zweifelhaft sein, wenn auch Lindau diese „prickelnden" „Ausgeburten des second empire" noch so „geistsprühend" nachgeahmt hat, wenn auch „diese blühenden Schößlinge des modernen, französischen Theaters fast jenen alten Schlössern gleichen, die ganz umrankt von jungen Schlingpflanzen eben durch diesen Gegensatz so imponirend wirken", wie man z. B. aus diesem blühenden Unsinn, der von modernen, unverstandenen Phrasen bis zur Unkenntlichkeit umrankt ist, die „imponirende" Wirkung leicht erkennt. Daß Lindau's „Dramen" als „Conversationsstücke im besten Sinne des Worts", bei denen man also nach der „näheren Characterisirung" keine Spur davon erfahren kann, warum Alles gesagt werde, was gesagt wird, von dem „traditions= und autoritätenfeindlichen Dichter" „nicht kühn" so genannt worden sind, bleibt einer objectiven Betrachtung unerklärt. Gut ist es immerhin, schon auf dem „Etiquett" die importirte Waare zu annonciren, „Nachahmer" und Bewunderer werden nicht ausbleiben, am Ende ist es ja auch leichter, etwas zu sagen, von dem man nicht weiß, warum es gesagt wird, als etwas Motivirtes, aber gleich offen aller Welt verkünden, daß man nichts weiter will, dazu gehört eine Offenheit, die der „traditionsfeindliche Dichter" vielleicht nicht gern zeigen möchte. Ob man aber für diese „Dramen" das dramatische Etiquett „Conversationsstück" wähle und für den „Erfolg" den „antikisirenden Namen der Komödie" — Mosenthal's „Sirene" heißt Komödie, wie Lindau meint, im Anschluß an die französischen Comédies, an das „Antikisirende" denkt kein Mensch dabei — sie bleiben immer, was sie sind; daß diesem „literarischen Lustspiel" „scenische Verwicklung", „komische Situationseffekte" fehlen, daß „ganz in antiker Weise die Handlung in einzelnen Momenten absolut stillsteht", wird Keiner verkennen, der auch über die „Aehnlichkeit" Lindau'scher und „Aristophanischer" Komödien nicht ganz „objective" Betrachtungen anstellt. Die „Conversationsstücke" sowohl, wie die „Komödie" Lindau's sind nach ihrem mehrwöchentlichen Erscheinen auf den Bühnen und nach dem Sturm, den sie anfangs in den Zeitungen hervorgerufen, ohnehin vom Repertoire verschwunden, auf den Augenblick berechnet, zünden sie auf den Augenblick, es sind Sternschnuppen, wenn man sie anders mit etwas „Glänzendem" vergleichen darf; wer spricht nach einem halben Decennium noch von

Lindau's „Conversationsstücken" und „Komödien", wenn des „Erben der seligen Iffland und Kotzebue", des „hausbackenen Benedix hausbackene, veraltete" Lustspiele noch auf allen Bühnen leben werden? Ja, die Welt ist blind gegen die Talente und liebt einzig das Mittelmäßige.

Der „Erfolg" ist bis zum nächsten Winter Lindau's „letztes, dichterisches Werk." Seine „Gesammelten Aufsätze" und „dramaturgischen Blätter" enthalten die während der letzten Jahre von ihm in der „Gegenwart" erschienenen Aufsätze, deren Mehrzahl des Wiederabdrucks unwerth ist, um so eher, als schon der erste Abdruck unberechtigt war. Zumeist gilt dies von den „dramaturgischen Blättern". In den „Gesammelten Aufsätzen" ist manches Werthvollere, wie die eingehende Besprechung über Heyse's „Kinder der Welt", die wirklich einmal ohne oberflächlich=absprecherische Vornehmheit geschrieben ist.

Wenn die objective Betrachtung als das einzig passende Epitheton für Lindau „modern" erklärt, hat sie nicht Unrecht, man verstehe das „modern" nur im rechten Sinne. Daß es dem deutschen Literaturreformator „gelungen ist", eine Art von Schule zu bilden, deren Meister er ist, läßt sich nicht leugnen, denn diese Schule eben ist das Judenthum in der Kritik, deren Hauptrepräsentanten Lindau und Blumenthal sind. Man ahmt seine „pikanten" Feuilletons nach, die „scherzhaft sprühende Art des gefürchteten Kritikers", aber „wenige erreichen" das unerreichbare Vorbild, wie auch Offenbach's Nachfolger dem großen Meister Jaques trotz aller Frivolität und Pikanterie nicht gleichkommen. Die deutsche „Pedanterie" ist dieser modernen „Schule" vornehmlich verhaßt, jedes Genre, „hors le genre ennuyeux", ihnen lieb, die „moralische Baumwolle" haben sie von sich gethan und „bei allem wissenschaftlichen Ernst" wahren sie sich die Pikanterie, mit dem vollen „Brustton der Ueberzeugung" fällen sie ihre scherzhaft „sprühenden" Kritiken.

Wenn es vergönnt ist, zum Schlusse der Betrachtung — die hoffentlich ganz „sine ira et studio" ausgefallen ist — einen Wunsch zu hegen, so ist es der, es möchte in unserer Kritik der Mann auferstehn, der nicht um des äußeren Erfolgs willen, und um seinem Hang nach Witzen und Wortspielen freien Lauf zu lassen, über die Aufgaben der Kunst und ihre Erzeugnisse seine Urtheile fällt, der mit leidenschaftslosem Blick das Vorhandene prüft, sichtet und kritisirt, der nicht von den „Nachbarn jenseits der Vogesen" seine Kunstansichten importirt, sondern deutsches Wesen mit deutschem Wort unterstützt und fördert. Das Erscheinen eines wahren, deutschen Kritikers wird „am literarischen Horizont" „mit der lebhaftesten Freude" begrüßt werden und der sehr zweifelhafte und trügerische Glanz, den das „moderne" Judenthum in der Kritik verbreitet, wird nur noch ein kurzes Leben fristen. Möchte dieser Wunsch nicht ein „frommer" bleiben, bis er aber erfüllt ist, wird, „wer etwas genauer hinsieht", in Lindau's und der Seinen reformatorischem Auftreten nur das offenkundigste Zeichen des Verfalls der deutschen Literatur, nicht aber den Beginn seiner neuen Blütheperiode entdecken.

Bis hierher bin ich den Spuren des objectiven Beurtheilers von Paul Lindau sine ira et studio nachgefolgt. Ich konnte es nur selten ernsthaft, die objective Betrachtung, gepaart mit dem weltschmerzlichen Hohn über die verrotteten Zustände der Neuzeit und der ernsthaftesten Ehrlichkeit betreffs Lindau'scher Vorzüge, war zu unbewußt spaßhaft, als daß man ihr immer hätte mit ernsten Waffen entgegentreten können und müssen. Die ganze „Characteristik" ist an und für sich so durchweg unbedeutend und vermag nur so selten etwas andres als ein bemitleidendes Lächeln wachzurufen, daß es sicher keine Heldenthat ist, wenn man sie in ihrer erschreckenden Blöße hinstellt, wie sie aus den heterogensten Anschauungen, einander direct widersprechenden Ansichten und von

einem eigenthümlichen Kunsturtheil zusammengesetzt ist und doch
mit einem so heiligen Ernst, daß es oft wahrhaft rührend ist. Mag
die Broschüre nun einen „Unmündigen" zum Verfasser haben, mag
sich gar — man hörte davon — unter der Anonymität der=
selbe jugendlich=unerschrockene Musensohn bergen, der unlängst die
Residenz mit dem kühnen Wagniß einer Othello=Darstellung, zu
der ihm, wenn nichts Andres, schon alle physischen Mittel fehlten,
und der nach einer noch milden Aburtheilung unternommenen Apologie
in Erstaunen setzte, ich habe das Buch nicht als solches angegriffen,
denn dafür lag kein Grund vor, nur als einen sehr charakteristischen
Ausfluß der gesammten „modernen" Lindau'schen Richtung, deren
Grundprincipien sich der Verfasser zum Theil gut zu eigen gemacht
hat, und die er scheinbar ernst vertritt. Es ist ein characteristisches
Zeichen unsrer Zeit, daß dies Buch geschrieben und unter dem
Deckmantel objectiver Betrachtung ein Loblied auf den modernen
Lessing gesungen werden konnte. Die Leistung an sich ist zu un=
bedeutend und die darin vertretenen Kunst= und Welt=Anschauungen
zu unreif, als daß sie einer ernstlichen Widerlegung bedürften,
sie konnten nur zu einer Persiflage reizen, denn alle diese „Jovis=
blitze" waren für den, der auch nur oberflächlich hinsieht, „Colo=
phonium" und mit großer Unschuld ist ein gut Theil der An=
schuldigungen, die man Lindau zur Last legen kann, unbewußt
gerade in die Lobeshymnen auf ihn eingeflochten. Man kann dem
Verfasser auch gern glauben, daß er Lindau persönlich fremd ist,
denn es spricht wirklich der „Brustton der Ueberzeugung" aus
seinen Worten, er sieht wirklich in Lindau den Messias, der die
Wechsler und Krämer aus dem Tempel der Kunst treibt, die
Ueberzeugung tritt so unschuldig=offen und zugleich so siegesbewußt
hin, daß man an ihr nicht zweifeln kann. Auch die vielfach ver=
breitete Meinung, Lindau selbst sei der Verfasser der Broschüre,
ist schon deshalb irrig, Lindau hat zuviel Witz und vor Allem einen
zu scharfen Blick, um nicht zu erkennen, daß ihm eine derartige
Characteristik, die sich als objectiv ausgibt, eher schaden als nützen

könne, und schwerlich ist er mit diesem seltsamen Conterfei seines
Ich selbst zufrieden. Der Verfasser hätte wohl gut gethan, sein
Visir aufzuschlagen, wegen seines polemischen Versuchs gegen den
Recensenten der „Vossischen Zeitung", der allerdings nur kläglich
ausgefallen ist und den Nachahmer Lindau's doch noch nicht auf
derjenigen Stufe der Reife zeigt, von der aus er erhaben über die
kleinliche Gemeinheit dieser Welt des Staubes herabzublicken sich
Mühe gibt. Seine „Characteristik" ist als Kennzeichen und Merkmal
der „Schule", die der „gefürchtete Kritiker" um sich bildet, einzig
des Bekämpfens werth, nicht um ihrer selbst willen, dafür ist sie
zu unschädlich. Ich selbst werde Mühe haben, glaubwürdig zu
erscheinen, wenn ich versichere, daß ich nicht nur Lindau und den
Seinen, sondern auch seinen Gegnern und dem muthmaßlichen
Verfasser der Broschüre völlig fremd bin. Und doch ist es so.
Ich lege für keinen eine Lanze ein und wider keinen, nur für
meine Anschauung gegen das moderne Judenthum in der Kritik.
Ich bin zu nichts dadurch gereizt, weder hat Lindau je ein Buch
von mir „heruntergerissen", noch bin ich ein Berliner Kritiker,
gegen die er kämpft, noch mit einem derselben „verwandt, be-
freundet oder verschwägert", ich bin durch nichts angetrieben, als
durch den Reiz, dieser „objectiven" Betrachtung Lindau's eine
andere entgegenzusetzen. Der anonyme Verfasser wird mir das
kaum glauben, denn, wenn von Lindau etwas andres gesagt oder
geschrieben wird, als Lob und immer wieder Lob, so ist das eben
einfach persönliche Gereiztheit, so intriguirt man gegen den Dichter,
will sich an ihm rächen und dergl. Denn welchen Grund könnte
man sonst haben? Lindau selbst kennt ja bei den Gegnern seines
„Erfolg" auch keinen andern, ich werde also bei nicht Wenigen auf
absoluten Unglauben stoßen, wenn ich auch hochheilig versichere,
daß ich allen in der „Characteristik" genannten Personen, für oder
wider die ich das Wort genommen, völlig fremd bin. Denn wie
ein ganz unbetheiligter, nie angegriffener, nicht persönlich gereizter
Kritiker dazu kommen sollte, die anonyme „Characteristik" zu ver-

fifiren und Lindau ganz objectiv nicht für einen Reformator der Literatur zu erklären, wird man nicht begreifen. Ich nenne mich offen und ehrlich einen Gegner der Lindau'schen „Schule" und aller von ihr angebahnten Bestrebungen, der anonyme Characteristiker hätte gut gethan, sich deren Freund und Anhänger zu nennen, denn daß er auf „höhrer Warte" als auf „den Zinnen der Partei" stehe, kann ihm doch beim allerbesten Willen Niemand glauben. Es hätte ja das die Abfassung dieser „Characteristik" nicht gehindert, aber es wäre ehrlicher gewesen und hätte dem Buche den Fluch der Lächerlichkeit genommen, der ihm als objectiver Beurtheilung jetzt anhaftet. Paul Lindau vertheidigen, sich zu seiner „Schule" zählen, ist kein Verbrechen, man wird dagegen nur ankämpfen, wie man eben wider gegnerische Anschauungen kämpft, aber sich einen „objectiven" Beurtheiler nennen und dann Lobeshymnen anstimmen, heißt unverständig und unehrlich handeln.

Ich habe von Paul Lindau keine schlechte Meinung. Er ist ein frisches, anregendes Talent, witzig und begabt. Aber die Art seines Auftretens und der Verwendung seines Talents ist abstoßend, ganz abgesehn von seinen Bestrebungen, die man bekämpfen mag und bekämpfen wird, die aber seinem Talent keinen Abbruch thun. Solange Lindau nicht aufhört sich — er wendet das Wort auf die Berliner Kritik an, das doch auf ihn selbst so gut paßt — für den „Generalpächter des ästhetischen Urtheils" anzusehn, wird er eine objective Kritik gar nicht schreiben können und die Mehrzahl der Gebildeten durch seine Arroganz mit sich verfeinden. Lindau ist immerhin ein junger und nicht zu bedeutender Schriftsteller, sein selbstbewußtes Auftreten ist deshalb doppelt abstoßend. Lernt er seine eigne Persönlichkeit ganz aus dem Spiel zu lassen und über das Werk als Werk eine Kritik zu schreiben, wird er gern da anerkannt werden, wo man ihn heut bekämpft; so lange er aber noch Kritiken schreibt, nur um seine Witze und Satiren, Wortspiele und Glossen an den Mann zu bringen, kann man in ihm überhaupt keinen Kritiker sehn. Wenn er noch von Grundsätzen, wie „da die gesammte Kritik das Buch schlecht macht, muß etwas daran sein" und ähnlichen ausgeht, steht er überhaupt nicht auf dem Platze, von dem aus eine objective Kritik möglich ist. Ob hier bei der gegenwärtigen Sachlage eine Veränderung noch eintreten kann, ist abzuwarten. Sicher ist, daß neuerdings Lindau's „Besprechungen" zuweilen so ruhig und witzlos abgefaßt sind, daß man staunt, den Namen des „gefürchteten Kritikers" darunter zu lesen. Daß Lindau im Stil ein Meister sei, darf man nicht behaupten, ebenso oft ist er flüchtig und oberflächlich, als gewandt und fließend, seltsam, daß er häufig selbst in die stilistischen Fehler verfällt, die er an Anderen verspottet. Es geht ihm das freilich auch sonst ähnlich. Läßt sich aus seinen gesammten kritischen Aufsätzen erst eine scharf umrissene, vollkommen in sich harmonische Kunstanschauung erkennen, wird man auf sein Urtheil mehr Gewicht legen können, als heute, wenn es dann auch weniger witzig abgefaßt und mit weniger Satire ausgeschmückt sein sollte. So lange aber derselbe Lindau in den „Rücksichtslosigkeiten" und in der „Gegenwart" über denselben Alexander Dumas so seltsam verschiedene Urtheile fällt, ist er von diesem Grundprincip objectiver Kritik weit entfernt. Seine Bestrebungen und Ansichten werden ebensoviel Anklang als Bekämpfung finden, aber nur um ihretwillen kann er als Kritiker weder noch als productiver Schriftsteller verhaßt sein, verficht er nur eine klare, ernste Aufgabe. Ob er als Lustspieldichter Hervorragendes noch schaffen kann und wird, ist heute schwer zu beurtheilen. In seiner „Maria und Magdalena" hat er ein unleugbares Talent trotz der großen Mängel und bedeutenden Schwächen bewiesen, das Stück hat auch so viel Bühnenleben, um hie und da noch einmal wiedergegeben zu werden. So lange Lindau sich auf eine verneinende Thätigkeit beschränkte, blendete er, als er aber begann das ewige Mahnwort beleidigter Schriftsteller zu erfüllen: „Mach's besser!" hat er ein gut Theil seines Schimmers eingebüßt. Schreibt er erst einmal ein Lustspiel, das bestimmt ist, das Publicum zu unterhalten und nicht des Verfassers interessante Persönlichkeit in den Vordergrund zu stellen und seine Gegner zu strafen, so wird sich sein Talent ausweisen. Um die Stimmen objectiver Kritik zu hören, dürfte er nur, wie bedeutendere Schriftsteller auch, sein Lustspiel unter einem Pseudonym aufführen lassen, der Kunstgriff hat schon Manchem geholfen. Als Feuilletonist wird Lindau, zumal bei der Bedeutung, die das Feuilleton heute hat, auch ferner wirken, je mehr er sich selbst aus dem Spiele läßt und gegen die, welche er bekämpfen, persifliren und kritisiren will, nicht um ihrer selbst willen zu Felde zieht, sondern ihrer Leistungen halber, die nicht er als die alleinseligmachende Autorität, sondern welche die Gesetze der Kunst verwerfen. Die Satire ganz aus der Kritik verbannen hieße den modernen Anforderungen nicht Rechnung tragen. Wie es heute in unserer Literatur steht, zumal im Felde der Lyrik und Novellistik, ist die Satire ein wirksames und unbedingt erforderliches Mittel der Kritik, aber sie soll nur nicht deren Hauptaufgabe und Hauptinhalt werden. In den modernen Kritiken spielt zu oft die Satire die Hauptrolle, die Kritik ist nur ihretwegen verfaßt, mit Wortspielen und Randglossen ist's doch nicht gethan, wenn die objective Betrachtung und die ruhige Darlegung einfach fehlen, und das Ganze nur geschrieben ist, um Andre zu amusiren und den Schriftsteller zu blamiren. Derartige Kritiken, welche das moderne Judenthum in der Literatur dutzendweise zu Tage fördert, sind eben keine und zeigen nur den hohen Grad von Verkennung der Aufgabe und des Ziels derselben. Lindau ist heute schon am Freiesten von dieser Richtung, die unbedingt für unsere Literatur ein Verderb ist und geeignet, die Kritik und das moderne Recensententhum noch mehr in Mißcredit zu bringen, als es ohnehin der Fall ist.

Ich schließe mit der Ueberzeugung, im vorliegenden keine Heldenthat verübt zu haben, die anonyme Characteristik reizte unwillkürlich zur Persiflage; auch habe ich weder „gegeistreichelt", noch alle die Tugenden bewiesen, durch die allein heute eine Kritik zu glänzen vermag, ich habe vor Allem deutsch geschrieben und geurtheilt, und das reicht hin, ein höhnisches Achselzucken bei so und so vielen hervorzurufen. Die Gegner mit ihren eigenen Waffen und geistreicher, schlagender zu bekämpfen, bleibe besseren Köpfen überlassen, ich zweifle nicht, daß sie sich finden werden. Ich habe nur persiflirt, was sich als unreife Ausgeburt einer feindlichen Richtung anmaßend objectiv geberdete, Andere mögen den Kampf mit edleren Waffen fortführen.

Ueber Georg Köberle's „Berliner Leimruthen und deutsche Gimpel", Leipzig 1875, läßt sich nur sagen: Der Verfasser ist von Lindau, ohne ihn angegriffen zu haben, in einer geradezu widrigen Weise gemißhandelt worden, und ist nun nach dem alten Wort, daß auf einen groben Klotz ein grober Keil gehöre, dem „Monsieur Lindau" und dem „literarischen Ghetto Berlins" seine Antwort nicht schuldig geblieben. Er hat Gleiches mit Gleichem vergolten. Unparteiische werden prüfen, welch Licht auf Lindau aus diesen Aufzeichnungen fällt, in den engen Rahmen dieser Blätter gehört solche Prüfung nicht.

Ich schließe mit einem „Schnabahüpfl", das kürzlich durch die Zeitungen ging und zwar sehr derb, aber, wie ich denke, doch recht treffend ist:

An Fritz Marlow,
zur
Lessingfeier.

„Ja, der L' und der L", oh! die sind sich ganz gleich,
Nur der L', der war arm, und der L", der wird reich,
Und der L', der war Dichter und glaubt's nicht zu sein,
Aber der L", der ist keiner, doch bild't er sich's ein.
Und der L', der stritt offen, doch der L" hinterrücks,
Und der L', der wußt' Alles, doch der L", der weiß nix.
Und der L' war ein Mann, doch der L" ist ein Fant,
Und der L' that bescheiden, doch der L" arrogant,
Und der L' hat mit Götzen, dem Pfaffen, 'ne Hetz,
Doch der L" ist Literaturpfaff und selber ein Götz,
Und der L' ist ein Stern, der am Himmel bleibt stehn,
Und der L" ist und bleibt ein Tischruckphänomen."

Verlag von **Oswald Mutze** in Leipzig.

Berliner Leimruthen
und
Deutsche Gimpel
von
Georg Köberle.
2. Auflage.
14 Bogen 8. Preis: 3 Mark.

Die Principien der Natur,
ihre göttlichen Offenbarungen und eine Stimme an die Menschheit.

Von

Andrew Jackson Davis.

„Jede Theorie, Hypothese, Philosophie, Secte, Glaubenslehre oder Institution, welche die Untersuchung fürchtet, trägt offen ihren eigenen Irrthum an der Stirn."

Aus der 30sten (nunmehr 32.) Ausgabe des englisch-amerikanischen Originals in's Deutsche übersetzt

von

Gregor Constantin Wittig,

und mit einem Vorwort nebst Anhang herausgegeben

von

Alexander Aksakow,
Kaiserlich Russischem Staatsrath zu St. Petersburg.

2 Bände in 8°, XCVI, 1200 S., Anh. 91 S. Preis: 5⅛ Thlr.

Verlag von *Oswald Mutze* in Leipzig.

Der Arzt.
Harmonische Philosophie
über
den Ursprung und die Bestimmung des Menschen,
sowie
über Gesundheit, Krankheit und Heilung.
Von
Andrew Jackson Davis.

(Ein populäres Hand- und Nachschlagebuch für Jedermann.) Auf besondere Anregung des 1858 verstorbenen Präsidenten der Kaiserlich Leopoldinisch-Carolinischen Akademie der deutschen Naturforscher und Aerzte, Professors Dr. **Christian Gottfried Nees von Esenbeck** zu Breslau, aus der 1853 erschienenen vierten (nunmehr **vierzehnten**) amerikanischen Stereotyp-Ausgabe
ins Deutsche übersetzt u. herausgegeb. von Denselben.
CXCIII, 457 S., Anh. 68 S. Preis: 2 Thlr. 20 Ngr.

Der
amerikanische Spiritualismus.
Untersuchungen über die geistigen Manifestationen.
Von **J. W. Edmonds**,
Ex-Senator, Richter des Ober-Gerichtshofes zu New-York.
In's Deutsche übersetzt und herausgegeben von Denselben.
Leipzig, Oswald Mutze, 1873.
240 S. 8°. Preis: 1 Thlr. 10 Ngr.

Die wissenschaftliche Ansicht
des Uebernatürlichen,
welche eine experimentelle Untersuchung über die vorgeblichen Kräfte von Hellsehern und Medien durch Männer der Wissenschaft wünschenswerth erscheinen lässt.
Von **Alfred Russel Wallace**,
Präsident der Entomologischen Societät, Mitglied der Königl. Geographischen, der Linné'schen und der Zoologischen Gesellschaften zu London, Verfasser von „Der Malayische Archipelagus", „Beiträge zur natürlichen Zuchtwahl" etc.
Mit Bewilligung des Verfassers in's Deutsche übersetzt und herausgegeben von Denselben.
XIV, 128 S. 8°. Preis: 1 Thlr. 10 Ngr.